Contents ● 目次

- 4 プロローグ
- 15 第1章 「本物」
- 44 第2章 白い迷路の中で
- 76 第3章 きっと来ない
- 112 第4章 初恋
- 144 第5章 「あなたが好きです」
- 175 第6章 叶わぬ恋ごと。
- 211 最終章. 青い時間
- 240 エピローグ
- 242 あとがき

The Characters 人物紹介

Honoka Hirota
廣田ほのか
高1になったばかりの、フツーの女子高生。
控えめなので、新生活になじめるか不安…。
初恋の人が忘れられずにいる。

Sota Senpai
ソータ先輩
ひょんなことから、ほのかが出会った
超イケメン・成績トップなS生徒会長。
何かと、ほのかにからんでくる。

Rika Naruse
成瀬莉果
かなりの美少女で目立つ存在。
ふだんは一匹狼な印象だけど、なぜか
ほのかには心を開いてくれている。読書家。

Kanata Kun
カナタくん
ほのか、初恋の人。かつて
図書館で一緒に過ごした大切な人。
今でも、ずっと忘れられない…。

プロローグ

君さえいれば　何もいらないと
幼(おさな)い誓(ちか)いが未来を照らした

ずっとふたり一緒に歩いてゆけると
無邪気に握り合う掌(てのひら)

あの日の純粋(ピュア)に帰りたい

失ったものはいつも形がないもの
大事すぎて　胸がぎゅっと痛む

一途(いちず)で儚(はかな)くて　甘く　甘く　甘く

ねえ　あの頃のあたしたち

愛みたいだったね

恋は奇跡

　たぶん、一生。
　恋なんてあたしには、無理。

　そう思ってた。
　だって、桜の花びらがつかまらないから。
　幸せは、不器用なあたしの手からいつだって逃げてゆくから。

　花びらの伝説を知ってる？
　それは、恋の奇跡。
　舞い散る花びらを、地面に着く前に掴みとることができたら。
　好きな人との恋が叶って、幸せになれるんだって———

　あたしは、廣田ほのか。
　高校に入ったばかりの、新１年生。

「えーい、このっ！　あーもう…」
　あたしは、ひとりごとが多いって言われるタイプだ。
　一生懸命になるとつい、頭の中にあることが口をついて出ちゃうんだよね。

　ここは、あたしの高校の正門に続いてる道。
　今は登校前の早朝だ。
　うちの街で一番の桜スポットだから、ここが一番花びらを掴むチャンスが多い。
　高校近くだから、ひとりで手を振り回してる姿を人に見られると恥ずかしい。
　だから、早起きして２時間前に学校に来たんだ。

今ならまだ、生徒は登校していない。

　今日こそは、掴んでみせる。
　そろそろマジで恋を叶えたいんです。神様おねがい。
（困った時だけ頼んでごめんなさい）

　あたしは、必死だった。
　春のうちに。必ず、春のうちに奇跡を掴まなければ。
　今は、桜の花びらが絶賛舞い散り中。桜の開花時期はもうじき終わってしまう。
　完全に葉桜になってしまう前に、ぜひとも。ぜひとも‼
　花びらをこの手に掴みたいのだっ

「なんなのよ‼　掴まれてくれてもいいじゃん‼」
　そろそろ1時間くらい、あたしは格闘してる。成果はゼロ。
　ほとんど涙目。
　なんでこんなに難しいんだろう。毎年チャレンジしているのに、1枚もゲットできたことがないんだ。

「───おまえ、バカ？」

　唐突に呆れたような声が降ってきた。
　バカ？　バカって言われた？

　振り向くと、あたしのすぐ後ろにやたら背の高い人が立っていた。
　うちの高校の制服だ。かなり着崩してる。髪も茶髪。長めでくしゃっとしてる。ポケットに両手突っ込んで、相当態度悪い。

あたしと同じ新入生じゃなさそう。先輩？
　で、でもどう見ても、不良みたいなんですけど…（怖）

「あの…」
　あたしは恐る恐る言いかけた。

　綺麗(きれい)な… 顔。つまりイケメン。
　カッコいいかもしれない。目つき悪いけど。
　今、この人がバカって言ったの？　聞き間違い？
　あたし、不良に目を付けられちゃったんでしょーか。
「…」
　イケメンは無言だ。
　冷たい表情は氷のようだ。冷え切った心が表れてる（と思う）。
　かなり怖い。

　別にあたしは、この人に興味ないし。（怖いだけで）
　この人もあたしに興味ない筈(はず)だし。
　聞き間違えたんだろう、たぶん、うん。

　あたしは無言でイケメンに背を向けた。
　時間がないのだ。桜のシーズンは短すぎる。
　気にしない気にしない。
　こんな人の相手をしている場合じゃない。
　今年こそ花びらを… 恋の奇跡を、この手で掴みたい!!
　あたしはまた花びらを追いかけて、必死で手を振り回した。

　沢山(たくさん)降ってるのに、どうして１枚の花びらを掴むのが、こんなに難しいんだろう。みんな掴んでるように見えるのに。

いつの間にか、周りの友達に次々と彼氏ができていたみたいに。
　そう、花びらは。
　あたしには手に入らない恋そのものだ———

「ほんとにバカだな、おまえ」
　いきなり、後ろからガシッとあたしの肩が掴まれた。
「きゃ———っ」
　ドキ———ッとする。全身がこわばる。
　因縁つけられてる？　まさか、殴られる……??

　イケメンがあたしの肩を押しのけて前に出た。
　そして、すっと左手を中空に上げて…

「こうだろ」
　何をするの？と思っている間もなく、イケメンの左手が宙を舞った。

　今、何した？

　目にも留まらぬ早業とはこのこと。
　彼は振り返り、あたしの目の前に左手を伸ばして…
　風に飛ばないようにそーっと、左の掌を開いて見せた。
（この人、左利きなんだ…）

「…花びらだ…」
　大きな掌の上に、薄ピンクの花びらが１枚載っている。
　この人、あっという間に掴んでしまったんだ。

すごい。奇跡としか思えない。

「おまえ、ブンブン手を振り回してるだけだろ。
　　それじゃ掴めねーよ。無理」
「そんなぁ…」

　このままじゃ、いつまでもあたし、掴めないの？
　　───恋を。

　イケメンが開いた手をそっと握りしめた。
　花びらを包み込むように。
　そのままくるっとあたしに背を向けて、歩き出す。
　行っちゃう！
　左手は無造作に握ったまま、身体の横で揺れている。

「あの！　あの、その花びら!!」
　あたしは後ろから必死で叫んだ。

「あの、それ、いいなぁ…ってゆーか、あの…」
　イケメンが立ち止まった。あたしの声、聞こえてる？
　図々しいかな？
　で、でも。どうせこの人、自分が欲しくて掴んだんじゃないわけだし。思いっきりバカにしてくれちゃったわけだし。
　その花びら、くれたっていいんじゃない？
　あたしは震える手をぎゅっと握った。

「あの……っ！　その花びら、あたしにくれませんか？」
　一気に言う。

イケメンはゆっくり振り返った。
　睨(にら)んでるみたいに見える。怖い。
「どうして、これが欲しいの？」

　低い声。
　冷たい目であたしを見てる。シャリ、と音がしそう。
　寒い朝、霜(しも)が降りた道を踏みしめる時のような、凍った音。
「…」
　あたしは黙りこくってしまった。

「言えよ。言わなきゃやらない」
　冷え切った声に、あたしは震え上がる。

　どうしてあたしは花びらが欲しいか？
　そんなこと、今ここで告白しなきゃいけないの？
　でも…　今、掴んだ花びらをもらわなければ。あたし、いつまでも花びらが手に入らない気がする。

　好きな人に———会えない気が、する。

「…好きな人との恋を叶えて、幸せになりたいからです」

　あたしはキッパリ言った。
　しん、と静まり返る。
　緊張感で、奥歯がキリキリ痛み出す。
　お腹(なか)のあたりから震えが上がって来て、クラクラする。

「………やらない」
　しばらくの氷のような沈黙の後、彼は言った。

「は？」
「やるわけねーだろ」
「へ？　ナンデ？」
「おまえにやる気はない」

　左手を握りしめたまま、イケメンはスタスタ歩き出した。

　なんでいきなり、そんなにイジワルなの？
　あたし嫌われるようなこと何かした？
　それともこの人、ドＳ？

　呆然（ぼうぜん）と立ちすくんでいたあたしは、ぶるっと頭を振ると、気を取り直して追いかけた。
　考えてみたら、ちょっと自分勝手だったかもしれない。
　冷たく見えるこの人だって、きっと叶えたい恋があるんだ。

「ごめんなさい。勝手でした。せっかく掴んだんだし、あなたが自分で大事にした方がいいです」
「別に要（い）らねーよ、こんなもの。いつでも掴めるし」

　くれないのは、自分が恋を叶えたいからじゃないの!?
　ただ、ケチでイジワルなだけ!?
「い、…要らないなら、くれてもいいのに」
　あたしには掴めない。何日かけても掴めなかったんだ。

どうせバカなあたしには、恋なんて無理なんだ。

　好きな人には会えないんだ。この先もきっと。

　世の中不公平だ。余っていても捨てちゃう人と、必死で手を伸ばしても掴めない人がいるんだ。
　弱肉強食だ。格差社会だ。基本的人権が尊重されてないよ。
（自分でも何を言ってるかわかんなくなってきた）

「どうせ捨てちゃうなら、くれてもいいのに…」
　涙が溢れてきた。
　泣けてきて止まらなくて、両手で顔を覆う。
　イケメンがまた立ち止まった。
　振り返り、胸の前で腕を組んであたしの前に立つ。

　しばらくあたしはしくしく泣いていた。
　泣いてもしょうがないけど。格差社会でしょうがないけど。
　どうせあたしはバカで不器用で花びらも掴めないんだ…

　はぁ、という溜め息が聞こえてきた。
　正直に言うと、『しょーがねーな、やるよ』って言ってくれるんじゃないかって、密かに期待してしまった。
　なんとしても、好きな人に会いたいんだもん。
　とにかく花びらがないと、恋が叶わない気がするんだもん！

「あのさぁ…」
　イケメンがあたしの方に手を伸ばしてきた。
　びくっとする。何するのこの人。

あたしの顎が不意に掴まれて、顔を上向きにさせられる。
　イケメンの顔が近付いてくるのがわかる。
　ま、まさか、花びらを渡す代わりにキスされちゃうとか…
（それはあり得ないと思う！　あたし色気ないし!!）

　怖すぎてぎゅっと目を閉じると、息がかかりそうなほど近くから冷た────い声が聞こえた。

「絶・対・に、おまえにはやらない」

　パッと手を離される。
　あたしがヨロけると、イケメンはきびすを返してツカツカ歩いていった。
　左手を身体の横でぎゅっと握ったまま。
　あたしは後ろ姿をボー然と見送っていた。
　失礼すぎる。そして、イジワルすぎる。

　今の人、一体ダレ？

　…その疑問は、その日のうちに答えを得ることになる。

　桜の花びら、欲しかったのに。

　高校入学早々、お先真っ暗。
　今日は風が強くて、花びらが沢山散ってる。明日は雨の予報。あっという間に、葉桜になっちゃいそう。

恋は手を伸ばしても遠い。
あたしには悲惨な高校生活しか待っていない気がする。

───その時、あたしはそう思ったんだ。

"失ったものはいつも形がないもの
 大事すぎて　胸がぎゅっと痛む"

"一途(いちず)で儚(はかな)くて　甘く　甘く　甘く"

第1章 「本物」

もっと 夢のように強いあたしで
誓(ちか)いと同じだけの確かさで あなたに会いたい

いつまでも清らかで 誠実でいたいなんて
ひとつも思い浮かばずにいた あの頃

「本物」だったあたしたち

どんなに変わってしまっても、必ず見つける。
「じゃ、図書委員は廣田ほのかさんで」
　あたしははじけるように顔を上げた。
　さっき決まったばかりのクラス委員の男の子が、教壇からあたしを見てる。

「あの…。え…　なんで」
「票が集まったので」
　黒板を見ると、いつの間にか選挙が終わっていた。
　ホームルーム中、あたしがぼーっと人生について考えているうちに、クラス内の委員が決まってしまったところ。

　クラス委員2名を先に決めて、次に保健委員、風紀委員、図書委員、放送委員が1名ずつ…
　黒板に「◎図書委員　廣田ほのか」と書かれてる。
　…票が6票入ってる。6人もあたしの名前を知ってるなんて、奇跡的だ。ナンデ？
　この学校の図書委員は負担が多いから避けた方がいいって、事前情報が流れていたんだけどなあ（涙）

　あたしなんて空気なのに。みんな、おとなしい子を見つけるの、素早いね…
（感心している場合じゃない気もするけど）

　高校入学式から数日。
　偏差値ギリギリのところを頑張って入学した高校だけど…
　趣味らしい趣味もなく、勉強も普通、彼氏なし。
　ごくごく普通の、地味〜に暮らしているだけの子なのに。

いきなり図書委員を押し付けられましたとさ（がっくし）。

　イケメンにバカにされた後も花びらは掴（つか）まらず、生徒の登校時間になってしまったので今日は諦（あきら）めた。
　慣れない高校生活、まだ友達らしい友達もできていない。
　ドジでトロいあたしは、どんなグループに属したらいいのか、恐る恐る様子を見ているところだ。

　昔から、どちらかというと…
　いじるよりいじられ、親分より子分、という凡人のあたし。
　中学時代は、社交的で活発な友達サチに頼り切っていた。
　サチがいなかったら、イジメられてたかもしんない。
　サチは別の高校に行っちゃって、ひとりぼっち。
　一緒にこの高校を受験するつもりだったのに、直前で進路変えしちゃったんだよね。彼氏と同じ学校に行く!!って。

　恋のチカラは凄い。彼氏＞＞＞友達、だよねやっぱり（涙）

　さて、どうしよう。ぼっちで始まる高校生活、あたしはどんなキャラで生き抜けばいいのか。
　花びらさえ掴めない不器用なあたしには、絶望的状況だ。

「ねーねー、アンラッキーだったね、ほのかちゃん。
　図書委員がんばって！」
　隣の席の初音（はつね）ちゃんに大声で言われて、ガックリくる。
　社交的な子で、色々教えてくれるんだよね。
「なんかね、あのへんがこっちを見ながら、あの子に入れちゃえとかヒソヒソ言ってたから、悪い予感してたんだけど…」

初音ちゃんが指差したあたりにそっと目をやる。
　入学式で右隣と左隣にいた子たちだ。
　あたし越しにずっとしゃべくってたっけ。そうか、あの時あの辺の人たちに名前を憶えられて、投票されちゃったわけね。
　確かにアンラッキー…

「でもさ、ほのかちゃんラッキーかもよ。委員会でしょ。
　委員会は、生徒会の下部組織だからさ」
「かぶそしき…？」
「委員会を仕切ってるのは、生徒会ってこと‼
　ほのかちゃん、早々に生徒会長の顔を拝めるよきっと」
「ふーん…」
　生徒会長の顔なんか、見てもしょうがないのでは…

　気のなさそうなあたしを尻目に、初音ちゃんがいきなりヒートアップした。
「知らないの？　生徒会長、超イケメンでさ。
　うちの高校じゃ、校長より生徒会長の方が有名なんだよ⁉
　他校にも轟きわたる伝説の人で、学校中の女子の注目の的なんだからぁ‼」
「へぇ…。そうなんだ」
　なんだか気のない返事になってしまった。
「ねえ、見たくないの？
　超イケメン・成績トップ・中岡病院の１人息子だよ⁉」
「…」

　中岡病院、といえば地元で一番大きな総合病院だ。
　そこの息子なら、さぞかしお坊ちゃん。

でも…　生徒会長がイケメンで大病院の息子だとして、それがあたしと何か関係あるんでしょうか??（ありはしない）

「あーもう反応悪すぎ!!」
　コーフンした初音ちゃんが、いきなり後ろからあたしの両肩を揺さぶってきた。
「ちょ、ちょっとやめて。頭がぐわんぐわんする」
「普通ここできゃーとかわーとか言うでしょ〜〜!!」
「は、…はぃい…」
「少しくらいきゃーとか言いなさいよ〜〜〜!!」
　初音ちゃんの手が肩から首に移ってきてパニック。
「きゃ───っっ」
　首締められたら、きゃーとか言ってる場合じゃないと思う！あたし死ぬじゃん。

　どうして女子は、こんなにイケメンが好きなんだろ…

　ホームルームが終わり、終礼。
　初音ちゃんにハンカチを振って見送られながら（本当にハンカチ振る人いるんだね）、あたしは委員会に向かった。

　今日は早速、各委員の顔見せがあるんだそうだ。
　2時間も早く登校して疲れているので、帰りたいんだけど。

　一緒に委員会に行く人も見つからない。
　委員会が終わるまで待ってくれる人なんているわけない。
　ノリのいい初音ちゃんは、他に仲のいい子がいるみたいだし。
　あたしは溜め息まじりにトボトボと歩いた。

この高校、無駄に広い。男の子がやたら多い。
　男の子と打ち解けてるサバサバ系女子も多そう。でもあたし、男の子苦手だし。
　なんだか、やっていける気がしなくなってきた。

"ごめん‼　すっっごいごめん‼"
　あたしの前で、拝むように手を合わせたサチを思い出す。

"今、タツミと離れたらダメな気がするの。
　このまま、ずーっとずーっと一緒にいたいの。
　だからタツミと同じ高校へ行く。もう決めたの。許して"

"でもさ、偏差値下げることになるし…先生も、サチが志望校変えるの勿体ないって言ってたよ。
　別々の高校に行って、付き合いは続ければよくない…？"
　あたしがつい、ぽそっと言ったら…
"ほのかは現実の恋がわかんないんだよ‼
　カナタくんだっけ？　初恋の人が未だに好きなんて、ちょっとおかしいんじゃないの？　小３の頃の話でしょ⁉"
　───と、言われてしまった。

　その後、"ごめんね。そんなヒドイこと言うつもりなかったの。ごめん、超ごめん！"と謝られたけど。
　…でも実際あたし、頭の中がコドモ過ぎるのかもしれない。

　小３ってゆーと、８歳あたり。
　サチだって、最初からバカにしていたわけじゃない。
　彼氏がいなかった頃は…"ほのかは一途だよね‼""いつか

再会できるよ！"と明るく言ってくれていた。
　あたしへの対応がちょ——っと冷めてきたのは、中2でサチに彼氏ができた頃からだ。
　あたしもクラスの男の子に告られたことはある。でも断った。
　バレンタインも友チョコオンリーだった。
"だってカナタくんがすきなんだもん"
"いつか絶対再会するんだもん"
　握りこぶしで力説していたあたしに、サチは"まー会えるんじゃないの"とか気のない返事で（涙）
　最近はしらーっとした視線を感じてました…

　でも、サチの気持ちはわかるよ。タツミくんはサッカーが上手くてモテるし、近くにいないと心配だよね。
　近くにいることがきっと、すごくすごく大事なんだよね。
　カナタくんって、今どこにいるのかもわかんないし。
　名前通り、どこか遠い彼方の方にいそう（涙）

　小3以来会ってない人なんて、恋のうちに入らないの？
　あたし、現実の恋がわかってないの？

　でも、再会すれば。
　———あたしは絶対、カナタくんだってわかると思うんだ。
　見逃さない。どんなに変わってしまっていても。
　あたしは必ず彼を見つける。

　そして。
『あなたをずっと好きだったの』って言うんだ…

ケチで不良の生徒会長。

　委員会は階段教室で、委員全員集まっての顔合わせだ。
　大きな教室に入ると、「図書委員ここでーす」と手を挙げている人と、それを囲む集団がすぐ見つかってほっとする。
　1クラス1人でも、全学年集まると大人数だなあ。
　図書委員長は、図書委員が2度目という田町(たまち)先輩だそうだ。
　ショートカットにメガネの知性派って感じ。
「あなたたち、不運だったわねえ。ふふふ…」
「1度嵌(はま)ると抜け出せない暗黒の図書委員…」と脅(おど)してくれた。

　図書委員は、教壇に向かって左端に並んで座った。
　あたしが先頭の一番端っこ、入り口近くだ。
　委員全員が着席すると、広い階段教室がいっぱいになった。
　ぼーっと壇上を見ていると、何人かの生徒が連なって入り口から入ってきて、教卓の後ろに並ぶ。
　なんとなく、キリッと偉そうな人たちに見えるのは気のせいでしょうか。
「生徒会役員たちよ」
　隣に座った田町先輩が、ぼそっと言う。

　生徒会役員のうちの1人、すごく可愛い感じの小さな男の子が（中1くらいに見える）、マイクを握った。
「あ…。音、出すね」
　マイク越しの声が可愛らしい。
　イケメン…　だよね。可愛い系イケメン。
　あの人が生徒会長かな？
「あの子は書記のミノル」
　先輩に言われ、びっくりする。あたし、口に出してないよね？

あの人は生徒会長じゃないんだ。
じゃ、誰が生徒会長なんだろう?
あたしがキョロキョロしてると、
「ソータくんは時間ジャストに来る」と素早く言われた。
「ソータくん……?」
「生徒会長の中岡ソータ」
あたし、思ってることがダダ漏れだってよく言われるけど、どうも初対面の田町先輩に、思ったことが全部バレてるみたい。
ちょっと我ながら情けない。

スマホで時間の確認をすると、2時29分。
そう言えば「委員会は2時半から」って言われてたっけ。
時間ジャストってことは…
────ガラッ
前の扉が開けられた。来たんだ!!
し────────ん。
階段教室が静まり返る。

圧倒的な存在感を醸し出す人影が、前を横切ってゆく。
背が高くて、ポケットに手を突っ込んでて、茶髪で髪くしゃくしゃで、制服着崩しまくりで…
不良だよ、不良。道で会ったら絶対目を合わせちゃいけないタイプ。こんなのが生徒会長!?
彼は教壇中央に立って、教室を埋めている委員全員に向き直って────

「あ」

思わず、声が出てしまった。
針ひとつ落としても気付かれるほどの沈黙だったのに～!!
周囲が一斉にあたしの方を見て、縮み上がる。
この人、朝の人だよ!!
花びらくれなかったケチな人!!（←恨(うら)んでいる）
生徒会長だったの……？

ジロッ、と生徒会長があたしの方を見た。
「なんだ、おまえか」
呆(あき)れたような声。
「あ、…あの」
恐怖で脚が震えだすのがわかる。
「何怯(おび)えてんだよ。おまえ図書委員なの？
　そんなに図書室が好きなのかよ」
階段教室中がザワッ…とする。
ひえええぇ、初っ端(しょっぱな)から目立ちたくないよう（泣）

アワアワしていると、彼は視線を全体に向けた。
「これから委員会総会を始める。俺は生徒会長の中岡」
通る声が響き渡る。
「今日は顔合わせということで、新委員に集まってもらった。
　全員で集まるのはこれが最後だ。あとは各委員会に分かれて活動するように。以上」

しん、となる。
…あれ？　それだけ？

彼はガッガッと歩いて教壇を下りて。

彼自身が開けっ放しにしておいた扉から、そのまま出て行ってしまった。
　　他の生徒会役員も、それを合図のように連なって出てゆく。
　　あたしはちょっとボー然と見送って…
「ソータくん、相変わらずクール…」
　　隣の田町先輩が、ほぅっと溜め息をつく。
　　それからはっとした顔であたしに振り向いた。
「あなた、中岡ソータと知り合いなの!?」
「いえいえいえいえ、ぜんっぜん知りませんあんな人！」
　　あたしが叫ぶ。
　　声が大きすぎたのか、周囲の視線がまたあたしに集まる。
　　ああ、またやってしまった。注目されたくないのに…

　何がクールよ。
　愛想も何もあったもんじゃないじゃん。生徒会長っていうのは、もっと優しくて親切な人がなるべきじゃないの？
　確かにイケメンかもしれないけど。
　花びらもくれないようなケチな不良じゃん!!
　なんであんな人が生徒会長なんだろ。
　すごいムカついてきた。
　生徒会長なら、花びらくれてもいい筈じゃない？
　（↑自分でも、理屈になってないとは思うけど）

　そうだよ。
　ホントに人気者の、優しいイケメン生徒会長なら。
「この花びら、そんなに欲しいの？　どうぞ（微笑）」
　とか言ってくれるんじゃないだろーか…
　あたしは涙が出そうになった。

25

"別に要らねーよ、こんなもの。いつでも掴めるし"
"絶・対・に、おまえにはやらない"

　悔しい。本当に花びら欲しかったのに。
　あんな人嫌い。
　学校中の女の子からモテモテでも、あたしだけは大っ嫌いだ。
　あーゆー人がいるから、あたしの恋が叶わないんだ。
　(↑自分でも発想の飛躍を感じるけど)

"絶対、会えるから"

　また会いたいのに。カナタくん…

希望は、ある。

　次の日は、雨。
　朝、目覚ましの音でのそのそと起きると部屋は薄暗い。
　嫌な感じの風の音が聞こえてきて、あたしは溜め息をついた。

　あたしは窓を開けて、少しだけ顔を出して空を見上げて…
　すると横殴りの雨に降られ、慌(あわ)てて窓を閉めた。
　びしょびしょだ。泣けてくる。
　憂鬱(ゆううつ)な気持ちで制服に着替え始める。
　これで花びらはすっかり散ってしまうのかな。
　神様は、あたしを幸せにするつもりは全くないらしい。

　春は嫌い。風が強くて、長雨で。
　あたしには掴めないまま、花びらが降る季節はいつしか終わっているんだ。
　掴めない花びらこそが、あたしの恋———
　(↑どんどんマイナス思考に)

「ほのか〜〜‼　早くご飯！」
　階下からママの声が聞こえてくる。
　その言葉の意味は、"早くご飯を食べなさい"ではなく、"早くご飯作ってよ"です。

　あたしは末っ子で、年の離れた兄も姉も家を出ているから、今は1人っ子みたいなものだ。
　母親は専業主婦なんだけど…
　あたしが中学に入って間もないある日、宣言したんだ。

「ねえ、ほのか。ママ決めたの。
　もういい年だし、これからは好き勝手に生きるわ」
　唐突だった。
　ママと2人でテレビを観ている最中の出来事でした。

「はぁ…。まぁ、あの。いいんじゃないですか」
　母親にいきなりそう言われたら、この程度の返事しかできないと思わない？

「ありがとう、ほのか。
　いつも子供優先で暮らしてきたけど、もう飽きちゃったの。
　末っ子のほのかが大学卒業したり、結婚したりするのを待ってたら、あたしおばあちゃんになっちゃうじゃない？」
　…女の人って、いつ頃から「おばあちゃん」と呼ばれるのかわかんないけど。
　お兄ちゃんはもう結婚してるし、子供だっていつ生まれてもおかしくないし…
　孫が生まれたら、うちのママは少なくとも、立場的には「おばあちゃん」だね。

「もうあなたも中学生だし、お味噌汁やチャーハンくらい作れるでしょ。だから、これからは好きにやらせてもらうわ！」
　キラキラした目で断言されてしまった。

　好きにやらせてもらう…　って何だろう？
　まさか、パパと離婚したいとかじゃないよね？
　いいんじゃないですかと言ったものの、ドキドキしてたら…

早速ママは、お兄ちゃんが使っていた部屋をさっさと片付けてしまい、大改造した。
　茶系統の落ち着いたカラーだった部屋が、ピンクになった。
「これからここ、ママの部屋だから」
　ふわふわしたカーペットと、居心地よさそうなカウチソファが運び込まれ、大型テレビが据え付けられた。
「通販で買ったの。お安いのよ♪」と言いながら、猫足のテーブルまで。
　窓には新しい花柄のカーテンがかかった。
「これが一番高かったわ。うふふ、オーダーしたの♪」

　そして壁一面に…　朝霧タケルくんの巨大ポスターと生写真が貼られまくった‼

　それから３年。うちのママは、今や立派なアイドルオタクだ。
　朝霧タケルくん22歳は、今人気絶頂のアイドルグループの一員。
　もともとママは、「タケルくんカッコいいわよねえ」って、ドラマも映画も欠かさず観てはいたけど。
「好き勝手に生きる」宣言の後は、タケルくんのテレビ・ラジオ・雑誌・イベント等の出演スケジュールを完璧に押さえ、露出媒体は確実にゲットし。
　家の中は、ＣＤ、雑誌、ＤＶＤ、カレンダーにポスター、Ｔシャツやウチワまで、あらゆるタケルくんグッズが溢れかえった。
　大事そうに全部飾ってあるので、ママの部屋に入るとタケルくんの近況がよくわかる。
　生で観られるイベントは、新幹線に乗ってまで駆けつけたりもするようになり。突然留守になることも多くなった。

我が母親ながら、３人の子供を育てるのってタイヘンだったどろうし。末っ子が成人するまで待ってられないよね。
　気持ちはわからなくもないけどさ。
　もともと、ちょっと天然の入った母だったけど、いくらなんでも、やり過ぎじゃね？
　…とは思うけど、誰も止められない。
　パパも「やれやれ」と言いながら黙認している様子。

　ま、ママが人生をエンジョイしてくれるのは、いいことだけどね。
　家事負担があたしにかぶさってくるのはいただけない!!

　階下に降りてゆくと、食卓についてタブレットPCでタケルくんの動画を観ていたママが振り向いた。
「ねーねー、今日はごはんよりパンがいい！　パン～!!」
　ジタバタしながら言う。
　あんたは幼稚園児か。

　あたしは溜め息をつきながら、ママの朝ごはんの用意をした。
　ママは、トーストとベーコンエッグとトマトの組み合わせを好む。昨夜のスープの残りをレンジでチンする。
　食欲ないから、あたしは朝抜いちゃえ。
　最近、毎日必死で当たることを祈っていたコンサートチケットが全部外れたので、ママは魂が抜け気味なんだ。

「カナタくんって今どうしてるのかな…」
　今日は上手く半熟に焼けたな…　と思いながら、ターナーで

お皿にベーコンエッグを載せつつ、言う。
　あまり言いたくないんだけど、花びらが暴風雨に根こそぎ奪い取られそうな今、愚痴をこぼさずにはいられない。

　学校も学年も違ったので、あたしの友達でカナタくんのことを知っている子はいない。
　でもママは、カナタくんと図書館で会ったことがある。
　カナタくんの存在を見たこともない人に話しても、
「ホントにそんな人が存在するの？」って感じだしさ。
　カナタくんを直接知っている貴重な証人であるママに、たまについ愚痴りたくなるんだよね。

「ほのかって未だにカナタくんなの？」
　ママがトーストにベーコンエッグを器用に載せながら言った。
「いまだに、って…」
　ずーっとずーっとカナタくんですよ。
　いいじゃん、誰にも迷惑かけてないよね？
「懲りないわよねえ。もう長いこと消息不明のコでしょ？
　ママにとってのタケルくん以上に、なんだか遠い感じよね〜」

　ぐさ。
　今のは、効いた…

　あたしはとりあえずフライパンをシンクに入れて、水道の蛇口をひねって…
　しばらくボー然と、水がフライパンにぶつかって跳ね上がるのを見ていた。
　ボロボロボロボロ…

蛇口でひねったみたいに涙がこぼれ始め、止まらなくなる。
「あららー。ごめん。言い過ぎた」
「…」
　言葉にならない。

　確かに、ママはタケルくんをテレビで観られるし、歌も聴けるし、たまにはイベントやコンサートで生で見られるし…
　でもあたしは。
　カナタくんに会えてない、話してない、消息も知らない。
　これ、何だろ。アイドルファン以下？？
　再会パーセンテージ、小数点以下？？
　（再会率0.25％とか…）

"絶対、会えるから"

「でも、絶対会えるって………」
　言ってくれた———
　でもそんなの、証拠もない。記憶だって揺らぐ。
　そもそも小学生のタワゴトだって言われたら一言もない。

「ごめんごめん、ママが悪かったってば。
　日本は狭いからね。きっと会えるよ。
　恋のライバルもママよりは少ないだろうし、年齢差もママほどないし、あなたはママと違って未婚だし。
　ママよりは希望あるから、安心して‼」

　ママが立ち上がって、シンクの前にいたあたしを後ろからぎゅっと抱きしめてくれた。

ヨシヨシと優しく頭を撫でてくれる。
　ママとタケルくんの恋が成就する可能性よりは、希望があるってこと？
　慰めてくれてるらしいけど、あまり慰めになっていない気がするけど…（涙）

　でも、そんな言葉にもすがりたくなるくらい、カナタくんは彼方にいる気がする。名前通り、とってもとっても遠い。
　でもそうだよね、アイドルよりは近いよね。
　アイドルよりは、恋が叶う可能性だってきっとある筈。

　探し続けていれば、会えるよね。
　桜の花びらが掴めなくたって、いつかきっと———

友との出会いは図書室で

　雨の中をやっとの思いで学校に行く。
　桜並木の道を歩きながら見上げると、枝は風に揺さぶられて花びらをもぎとられてゆく。
　早くも丸坊主になりそうな雰囲気だ…

　学校が広いと、学校に着いてから教室が遠いのがツライよ。
　授業は、まだ始まったばかりなのに難しい予感。
　高校の教科書は分厚くて重くて、気も重くなってきた。

　隣の席の初音ちゃんは、いつもは後ろを向いて別の子としゃべってる。なのに学校に着くなり、
「ねえ、委員の子から聞いたよ。
　ほのかちゃんって、生徒会長のソータ先輩と知り合いなんだって!?」

　う、目立つことはしたくないのに。
「えーと…　ぜんぜん、知り合いじゃないよ」
　花びらちょうだいって言ってもくれなかったとか…
　人に話して理解される話とは思えない（泣）
「なんか親しそうにしてたって聞いたよ～。
　もーほのかちゃん、おとなしそうにしてるくせに抜け駆けじゃんっ！て思っちゃった」
　初音ちゃんはストレートに言ってくれるから、助かるよ。
　本人に言わずに噂（うわさ）されちゃうよりずっといい。

　あたしは初音ちゃんにどう言おうか迷った。
　花びらを掴（つか）めば恋が叶（かな）うというおまじないを、本気で信じて

ると言えばバカにされそう。
　小3の時の恋を、今でも叶えたいと祈ってると知られたら、もっともっとバカにされそう。

　数十秒、頭の中で整理して…
「あたしね。昨日の朝、1人で桜見てたんだ。
　その時生徒会長が通りがかって、暇人がいるなーと思ったみたいで、声かけられたの」
　このくらいが無難だよね、と思って言ってみる。
「へえ…。声かけられたんだー。ねえねえねえ、何て??」

"───おまえ、バカ？"

　いきなり言葉が蘇ってきて、カッとなる。
　カーッとなったんじゃなくて、怒ってカッとなったんです!!
　でも初音ちゃんにそのまま言うのは惨めで、言いたくない。
　生徒会長の悪口になっちゃうし。

「"暇人だね"みたいなこと言われただけ。
　生徒会長だなんて知らなかった。あまり感じよくなかったよ」
　…このくらいが無難だよね。
「そうなんだー」
　一応納得してくれたみたいで、ふむふむと頷いてる。

「…なんかソータ先輩、噂に聞いたキャラと違う」
　初音ちゃんがぽつりと言った。
「噂に聞いたキャラって？」

「とにかく超クールなんだって。
　ホントはすっごい優しい人なんじゃないかと思うけどー」
　それは違う！　と力いっぱい言いたいけど、初音ちゃんは目をハートにしながら話し続ける。
「一般生徒とは必要最低限しか話さないっていうか、近寄りがたい人みたいだよ。
　いきなり通りすがりの１年に声かけてくるなんて…」
　初音ちゃんが真顔であたしを見た。
「いいなー。あたしも知り合いたい。
　ソータ先輩が通りそうなあたりに、桜見に行こうかな」
「桜、この雨で全部散っちゃうと思うよ…」
　そうだよ。昨日が最後のチャンスだったのに。

　初音ちゃんが真顔であたしを見た。
「散っちゃってもいいよ！
　学校１の有名人に声かけてもらえるなら、あたしソータ先輩の通り道に張り込んで、葉桜見物しちゃうよ。
　桜は散ってからが美しいんです｡°+.(*´∇｀*)｡+°.
　トカナントカ言っちゃうよ!!」
「…」
　いや別に、止めないけどさ。
　葉桜見物、何時間したって自由だけど。

　生徒会長があんな意地悪な人だって、みんな知らないんだよ。
　言いふらしてやりたい！
　知ったら、みんな嫌いになる筈だっ!!

脱力感に見舞われつつ１日が過ぎ、放課後が来た。
　今日は早速、図書委員の仕事がある。
　うちの高校は迷路みたいで、校舎も分かれている。一旦外に出ないと図書室に行けないんだよね。
　ひとりぼっちで降りしきる雨の中を図書室に向かうと、溜め息しか出ない。
　せっかく花の（？）女子高生になったというのに、暗い。あたしの高校生活、このままずっと真っ暗だったらどうしよう。

　でも、広い図書室に着いて、ドアを開けて。
　ハンドタオルでポンポン身体を拭きながら、置かれている椅子に座り、並んでいる本棚を見回したら…
　なんだか幸せな気分になってきた。
　ええ、割とのーてんきな性格なんです。

　広いなあ。
　中学の図書室よりずっとずっと広くて、綺麗で、本がたくさん。クッション性のあるチェアも沢山置かれてる。
　入学前の高校見学の時も、外から見ただけだった。
　中はこんなに素敵な場所なんだ。知らなかった。
　まだまだ高校に慣れないけど…　図書委員、案外楽しいかもしれない。
　仕事は大変そうだけど、ここに来るのは楽しみかも。

　まだ集合時間まで間がある。
　書架の奥まったところに入ってゆき、書棚から本を手に取る。
　あたしは本が好き。そう、あの頃から———

「本、好きなの？」

　澄んだ青空のような、クッキリした声。
　あたしが手元の本から顔を上げると、目の前に綺麗な笑顔があった。
　ちょっとドギマギする。

　同じクラスの子だ。とっても可愛くて目立つ子。
　クラス割りが発表されて教室に入った時、男子がつつきあって噂してたっけ。
　サラッサラのロングヘアで、目がおっきくて、鼻筋が通ってて。可愛いけどカッコイイ、キリッとした美人。
　でもなんとなく近寄りがたいオーラが流れてて、いつもひとりで行動しているように見えた。
　遠目で見ていると浮き上がって見える、華やかな人。

　ただ…　名前を憶えてない。
　聞くのもためらわれてオドオドしていると、自分から言ってくれた。
「図書委員の廣田ほのかさんでしょ。
　あたし、成瀬莉果。よろしく」
　にこ、と微笑んでくれて嬉しくなる。
　けっこう気さくな人なんだ。
　美人って名前も可愛いよね〜とあたしは思った。

「うちの高校の図書室、県内有数の蔵書数だって知ってた？」
　莉果があたしに振り返ってにこっと笑った。
「知らなかった…」

ちょっと赤くなる。
　笑顔を向けられただけで、いちいち照れるくらい可愛い。
「同じ高校に、本好きな人がいるといいな〜って思ってたの。
　あたし、インドア派だから。
　うち、本だらけで床が抜けそうなんだ」
「そんなに本があるの??」
　この子、綺麗なだけじゃなくて、読書家で頭も良さそう。すごい。

　あたしは本が好きっていっても、不純な動機で。
　本当の本好きの人を前にすると、お恥ずかしいです、はい。
「大半は父の本でね。読んでない本も多いの。
　でも本に囲まれてると落ち着くんだ。
　だから中学の頃も、いつも図書室にいて…」

"本に囲まれてると落ち着くよね"

　カナタくんも、そんなことを言ってた。
　いつも図書館にいて———
　あたしが行くと、少しだけ微笑んでくれるんだ。
　ブルブルッとあたしは首を振った。
　ああ、いいかげんにしなきゃ。花びらも掴めないあたしに、奇跡は起きない。そろそろ諦める(あきら)べき時期かもしれない。

「どうしたの？」
　莉果が大きな目で覗(のぞ)き込んできて、ドキッとする。
　女同士なのに真っ赤になってしまう。美人の威力は凄いな。
「あ、あのねっ」

後から考えれば、初めて会話した人になんで言っちゃったのか、わかんないんだけど。
「あたしは、本好きっていってもナンチャッテだから。
　好きな人がいつも図書館にいて、だから図書館通いをしてた、だけで…」
　莉果が目を丸くした。
　あらまぁ、というような顔だ。でも呆れてる感じじゃなくて、あたしはホッとした。
「中学の頃の話？」
　親身な顔で聞いてくれる。
　でもあたしは、言いかけたことを後悔した。
「えーと、あの…」

　同じクラスで、本好きのインドア派で。
　もしかしたら、友達になれるかもしれない。
　だから、いいかげんなことを誤魔化して言いたくない。
　あたしはぐっと喉の奥に力を入れ、思い切って言った。
「小学生の頃なの!!　あはは、バカみたいでしょ。
　小3の頃の初恋の人が忘れられないっていう、なんかもう、どうしようもないってゆーか、バカみたいな話で…」

「え————っ！　ロマンティック!!」
　莉果が、本ごとあたしの両手を取った。
　いきなり上下にぶんぶん振りはじめる。
　ロ、ロマンティック……？

「すごいじゃーん、忘れられないんだ？　今でも好きなんだ？
　じゃあもう、えーと…6年越しくらい？」

嬉しそう。何だろ、これ。
　超喜んでくれているみたい。
「…出会ったのは小１だから、８年くらい、かな…」

　莉果の目が見開かれた。
「きゃ────!!!」
　さ、叫ばなくても。
「すごいすごいすごい!!　運命的!!
　それでほのかは本が好きになって、図書委員になったのね!!」
　いや、それは違う。単に押し付けられただけで…
　いつの間にかあたしの名前、呼び捨てになってるし。
「あ、ごめん。馴れ馴れしかったかも。
　ほのかって呼んでもいい？」
「うん、ぜんぜん…」
　構わない、と言いかけたあたしに、莉果が畳みかけた。
「あたしのことは、莉果って呼んでね！」

　あたしの手を握りしめたまま、盛り上がっている莉果。
　しばらくぼーっと見ていたけど…
　じきに、握られた手のあたりからじわーっと胸が温かくなってゆくのを感じた。

　あたしの、長い恋。
　多分もう、とっくに終わっていて…　あたしだけが勝手に想っているだけの恋。もう諦めなきゃと思い始めてた。
「そんなの恋とは言えない」って言われても仕方ないと思った。
　ロマンティックって言ってくれる人がいるなんて、思わなかったよ。

どうせ、人に言っても。
バカにされたり笑われたりするだけだと思ってたから…

莉果っていい人かもしれない。
友達になれるかもしれない。

昔読んだ絵本に、図書室の本に棲む魔法使いの物語があった。
本を開くと、ふわりと魔法がかかるんだ。
本の好きな子にだけかけてくれる、魔法使いの特別な魔法。
そして、魔法をかけられた子は。
運命の恋人と出会ったり、親友ができたり。
―――そんな夢を信じたくなる。

そしてあたしたちは、しばらく本の話をした。
「純愛モノか、ミステリーが好きなんだ」
とあたしが言うと、
「あたしもミステリー好き。恋愛ものなら純愛。
 気が合いそう!」
と莉果が答えて。

莉果は、ちょっと話してるだけでハキハキしたお姉さんキャラなのがわかる。
ぽーっとしていて、ドジでオロオロキャラのあたしとは大違いだ。
でも本の趣味が近いなら、全然似てないようでけっこう似てるのかな? あたしたち。
「でもあたし、サイコホラーや猟奇サスペンスも好きなの。
 今日みたいな嵐の日に、1人静かに部屋で読むと最高」

…その趣味は、あたしとちょっと違う。

　まだ最初なので、図書委員の集まりはすぐに終わった。
　今日は、今後の当番日や仕事の分担を聞いただけ。
　帰り支度をしていると、莉果が寄って来た。
　待っていてくれたらしい。

「ねえ、よかったら今日一緒にカルボナーラ行こっ！」

「カルボナーラ……？」
　それ、パスタの名前だよね？　パスタを一緒に食べに行こうってこと？
「すごくおいしいお店の名前なの。高校の裏手にあるの!!」
「あ、そうなんだ。パスタ屋さん……かな？」
　ずいぶん、直接的な名前のお店なんだなあ。
　カルボナーラはあたしも大好きだけど。

「あんみつ屋さんなの！」
　…それは珍しい。

第2章　白い迷路の中で

白い迷路の中で

もう一度出会えることを信じていたら
あの時　あれほど泣かなかったよ
最後まで手を握ってたね
感触もぬくもりも　もう消えたのに
手を離した瞬間の空白が
指先に　ずっと　残ってる

あなたは空に似合う
優しさと強さが
いつかすれ違っても　きっと気付かない
大樹のように　蒼穹(そうきゅう)を貫き高く

時を止めて　あの時から

記憶の中にしか　あなたはいない

運命の結び目は、図書館。

 思い出は、時と共に。
 少しずつ少しずつ、薄れてゆく。

 いつの間にか、だんだんとぼやけてゆく記憶の輪郭。
 決して忘れはすまいと思うのに、時は残酷だ。
 切なくて苦しくて胸が痛い。

 そう、どうしようもなく。
 あたしの幼い恋は、少しずつ。ほんの少しずつ。

 喪われてゆくんだろう———

 カナタくんとの出会いは、小学校に入ったばかりの頃。

 あたしはママと一緒に市立図書館へ行った。
 家からちょっと離れた、地元で一番大きな図書館だ。
 ママはあたしを絨毯の敷かれた子供コーナーに連れて行って、しばらく一緒に書棚の本を選んでくれた。
 その後、「ここで本を読んで少し待っていてね」と言って。
 あたしを子供の本コーナーに残して、大人の書棚の方へ行ってしまった。

 残されたあたしは、ぐるりと周りを見回して…
 すると、そこに彼はいた。
 子供コーナーの片隅の背もたれのない椅子に座り、青いキルティングのお稽古バッグを横に置いて。

彼は背筋を伸ばし、あたしにはちょっと難しい小さな文字の本を膝で広げていた。
　そしてあたしが近付くと、顔を上げて少し微笑んだ。
　今思えば、大人びた微笑みだったと思う。
　大丈夫だよ、敵ではないよというシグナル。

　男の子を見てドキドキしたのは初めてだった。
　初恋———だったと思う。

　少年は見たことのない顔で、多分別の小学校だと思われた。
　不審者対策で、どこの学校も名札は校内のみの使用だ。
　名前が知りたくても、聞くのは憚られた。
　ただ、彼のお稽古バッグは、手作りのようで。
　大きな恐竜と「かなた」というフェルトの平仮名が刺繍されていた。
　幼稚園の頃から引き続き使っているのかな…　という雰囲気。

　30歳くらいの司書の人が、本を持って少年のところにやって来た。
「この間質問された本、今日返却があったわよ」
「ありがとうございます」
「明日は休館日だけど、あさっては来てね」
　とても親しげな雰囲気と、話の内容で…
　この子は毎日、図書館に来てるってことかな？と思って…

　あたしはその日、なかなか眠れなかった。
　また図書館に行きたい。行けば彼に会えるかもしれない。

翌々日、つまり「あさって」。あたしはママに、必死で「図書館に連れて行って」とせがんだ。
　遠いので、１人で行くことは許してもらえそうになくて。
　あまり本を読まないあたしには珍しいことだったので、ママは嫌がらず、翌々日も図書館に連れて行ってくれた。

　ドキドキしながら書棚の横を通り、子供コーナーに向かう。
　彼は———いた。

　一昨日と同じ場所に座る彼が目に入り、胸が震えて。
　彼の方へと歩きながら、頭の中はフル回転していた。
　また微笑んでくれるかな。
　何か少しでも、話ができるかな。
　背筋を伸ばして、同じ椅子に座って本を読む彼に、あたしは近付いて…
　するとまた、顔を上げて少しだけ微笑んでくれて。

　胸がギュッと、苦しくなるのを感じながら、あたしは…
「毎日来てるの？」と聞いた。
　彼は驚きも嫌がりもせず、ニコッとして。
「うん。この時間に、大体毎日来てる」

　会話を繋(つな)げることができず、困ってると。
　彼は視線を本の方に戻した。ごく自然な感じで。
　すると離れたところから、「かなたー」という声が聞こえて。
　年配の女性がゆっくり歩いて来るのが見えて。
「おばあちゃんなんだ。お母さんが入院してるから」
　聞いてはまずいことを聞いてしまったんだろうかって、あた

しは黙ってしまって。

「君、何年生?」
 帰り支度をしながら、彼が聞いた。
「いちねん…」
「僕は2年」
 まだ夏は遠く。多分、薄手の…
 パーカーあたりを羽織っていたような記憶がある。
「また来なよ。僕はいつもここにいるから」
 ドキドキして。すごくドキドキして…

 ママと片時も離れずついて回るのは、幼稚園までだ。
 小学校に入ると、ほんの少しだけ自由になる。
 あたしはひとりで子供コーナーに残って本を広げ。
 その間にママは、自分の読みたい本を探しにいける。
 その図書館は週刊誌も婦人系雑誌も揃っていたし、新しいCDも試聴ができる。

 あたしは毎日でも図書館へ行きたいとせがむようになり。
 親子で図書館へ行くのは、楽しみになった。

 懐かしい———
 思い出すと、今も涙がこぼれそうになる。

 運命には「結び目」があるんじゃないかって思う。
 あたしの人生の中で、結び目となる場所は図書館だ。

莉果と初めて会ったのが学校の図書室だったことに、あたしは運命を感じていた。
　あの日、あたしたちは「カルボナーラ」に行って…

「カルボナーラ」は本当に和風甘味処(かんみどころ)だった。
　メニューには、あんみつやクリーム白玉、葛(くず)きり、みたらし団子など、和風甘味がたくさん。
　抹茶ババロアや黒糖アイスクリームも手作りで、本格的な和風パフェも食べられるみたい。
　正統派の味で、おいしい。おかしいのは店名だけ。

　莉果が抹茶ババロアをスプーンで一口大に切りながら言った。
「多分、店長がひねくれ者なの」
「ひねくれ者……？」
　あたしを見てにっと笑い、そっと背後の厨房(ちゅうぼう)方面を指す。
「この店、住居と奥で繋がってるみたいで。前に来た時、店長が奥に向かって叫(さけ)んでるのを聞いちゃったんだけど。
　うさぎに餌(えさ)やっといて～って言ってたのに、奥から"にゃー"って聞こえたから…」
「え。それって、猫に"うさぎ"って名前を付けてるってこと？」
「多分ね」
「で、あんみつ屋さんの名前がカルボナーラ…」

　莉果の家は高校から徒歩圏だそうだ。
「今度学校帰りにうちに寄って行ってね！」と言ってくれて。その日あたしは、莉果に見送られてバスに乗って帰った。

　あたしたちは、少しずつ仲良くなった。

莉果は顔が可愛いだけじゃなくて。
　勉強もできるしスポーツも得意で、活発で社交性のあるスーパーガールだった。
　インドア派と言っていたから、おとなしい子なのかな？と思ってたら、そんなことはなく。
　近寄りがたいと感じたのもつかの間、クラス内での発言も多く、リーダーシップもあり…

　でも、莉果は派手系のグループに所属するのを好まず、地味でおとなしいあたしと一緒にいたがった。
「本つながり」って、絆が深いのかもしれない。
　好きな本を開けば、その子がどういう性格なのか…　なんとなくわかるよね？
　莉果もあたしも、純愛小説とミステリーが好き。
　大事なところで気が合うんだ。

　高校生活、何とかなるかもしれない。
　友達もできたし、暗闇から抜け出せそうな気がする。
　…あたしはそう思い始めていた。

　人生ってそう簡単ではなくて。
　それからあたしは、様々な苦しい思いを知ることになるんだけど———

「どんな願をかけてるんだ？」
　図書委員は、週に何回も呼び出しのかかる厄介(やっかい)な委員で。
　ひとりひとりにノルマが課せられ、図書室に行くと、本の貸し出し、整理、本のビニール掛けと大忙し。
　こういうの、生徒にやらせるものなのかなあ……？

　本すべてにビニールを掛けるのは、校長先生の主義らしい。
　図書館の蔵書はすべて掛かってるけど、学校の図書室は省略しているところも多いと聞くけど。
　本の大きさはマチマチなので、すべてが手作業だ。
　粘着性ビニールフィルムを貼り付ける時に空気が入っちゃって、慣れないうちは大変。
　書棚が多いので、整理も大仕事だ。図書委員が全部手分けしてやることになっている。
　でも面倒な作業ほど、後輩の高１に回ってくる…
　うちの学校の図書委員、噂(うわさ)で聞いてた以上にキツイ（涙）。

　図書委員となって初めての週、あたしは１週間連続で当番。
　莉果が「手伝いに行ってあげるよ。あたし図書室好きだし」と言ってくれたけど、今週の莉果は掃除当番で。
　あたしはひとり淋(さび)しく図書室に向かっているところ。

　でも図書室に着くと、楽しい気分が湧(わ)いてくるから不思議。
　図書館に通い詰めていた小学校時代を思い出す。

　あたしは、カナタくんの隣に座るようになって。
　色々と本の話を聞いて、楽しい時間を過ごして。
　図書館が世界でいちばん好きな場所になって。

カナタくんが「ミステリーの面白い本教えてあげる」って、あたしの手を引いて歩き出して。

　図書館の奥、誰にも見えない書棚の陰で２人きり———

「ひとりでニヤニヤして、キモいヤツ」

　…今、酷いこと言われなかった？
　悪い予感がして、後ろに振り向くと…
　そこにまた、例の生徒会長が。

　なんでいるの、この人。
　一瞬カーッとなって、心臓がバクバクしてきた。いや別に、ときめいてるわけじゃなくて、ムカついてるだけだ。
　相変わらずこの人、不良にしか見えない。茶髪だし、制服着崩し過ぎだし、歩き方も話し方もグレてる、というか…
　どうしてあたしに酷いことばっかり言うんだろう。
「キモくて結構です」
　あたしは精一杯冷たく言い返して、書棚の方に目を逸らした。
　悪かったわね。図書室が好きなんだからしょうがないじゃん。

「あの後———」
　声が降ってきて、あたしが生徒会長に振り返ると。
「花びら掴めた？」

　首をバカにしたようにかしげて、あたしを見ている。
「掴めませんでした！」
　泣きそうになってパッと横を向く。

こんな風に人をいたぶる人、嫌い。嫌い嫌い嫌い。

「…それはよかった」
　耳を疑う。

　掴めなかったって言ったら、よかった？
　キッと振り向くと、生徒会長が微笑を浮かべていた。
　今までの意地悪と一変して、優しそ――な微笑みに見える。
　でもなんで、この場面で笑うの？　サディスト？

　生徒会長が、数歩あたしから離れて、書棚の本を手に取った。
　悠々とした様子だ。何だろ、この人。
　あたしを怒らせて面白がってるのかな。

「生徒会長って、もっと親切な人がなるのかと思ってました」
　怒りが止まらなくて、思わず言ってみる。
「…」
　生徒会長は、無言で本のページをめくっている。
　横顔が悲しくなるくらい綺麗な人だ。
　イケメンって意地悪なんだな。
　ママの好きなアイドルの朝霧タケルくんだって、実際に会ったらきっと意地悪に違いない（←偏見）。

「こんな意地悪な人が生徒会長なんて…」
　あたしは怒ってさらに言葉を重ねた。すると、
「…どんな願をかけてるんだ？」
　本のページに目を落としたまま、言われる。
「がん？」

「願いだよ。花びらに、どんな願いをかけてる?」
　意外なことを聞かれて、戸惑う。
「べ、別に、特に…」

「"好きな人との恋を叶えたい"って言ってたよな。
　好きな人って───誰?」
　生徒会長が本から顔を上げ、あたしの方を見た。
　真面目を通り越して、突き刺すような鋭い目だ。怖い。

　誰?　…と言われても。
　この人がカナタくんを知ってるわけないし、そもそも絶対言いたくない。
　なんでこんなに怖い顔で問い詰められてるんだろう。

「…誰だっていいじゃないですか」
「言えよ。興味ある」
　なんでこの人の興味本位な質問に答えなきゃいけないの?

"ソータくん、相変わらずクール…"
"いつも冷静で、一般生徒とは必要最低限しか話さない"

　みんな騙されてるよ。クールじゃなくて、性格悪いんだ。
　花びらに願いをかけた8年越しの恋なんて、答えたらバカにされて嗤われるに決まってる。

「言う必要ないです。生徒会長の知らない人です」
「へえ。中学時代の同級生?」

「…そ、そんなとこです」
　小学生時代とはとても言えず、曖昧に答える。
　生徒会長はしばらく沈黙し、また本に目をやった。
　しばらく———多分数十秒が過ぎて、また生徒会長が口を開いた。
「片思いのヤツがいるんだ？
　１時間も花びら追っかけまわすくらい好きなんだ？」

　ぐさっ、と胸に刺さる。
　涙が滲んできた。酷い言い方だ。
　どうせ、話せば人に笑われるような片思いだけど。

「…どうせ…」
　言葉に詰まって、ごくりとつばを呑む。
「…生徒会長の知らない人なんだから、どうでもいいじゃないですか。からかわれるの嫌なんです。
　花びら追っかけまわすくらい好きですよ。悪かったですね！」
　できる限りの目力をこめて、生徒会長を睨む。

　確かに、あたしはバカかもしれない。
　子供じみた恋が忘れられないなんて、みんなに笑われるだけかもしれない。
　でも、あたしにとっては大切な思い出なんだから…
　踏みにじらないで欲しいんだ。

　しばらく睨み合いが続いた。
　なんであたし、高校入学早々、図書室で生徒会長と睨み合ってるんだろう？

すると唐突に。
　生徒会長がいきなり、あたしの腕を掴んで引き寄せた。
「ちょ、ちょっと…」
　何なのこの人。
　あたしの態度が気に入らないからって、いきなり暴力？
　思わず怯えて身体を固くすると。
　…あたしの頭の上に、顎を載せられるのを感じた。
　腕は引き寄せられたままだ。

「あのさ…」
　頭の上で声が響く。
　あたしの顔は、生徒会長の胸にくっつきそうなギリギリだ。
　振り払おうとしても、あたしの腕を掴んだ手はびくともしない。心臓がバクバクして止まらなくなる。

　この人、不良っていうか…
　女の子に日常的にセクハラするタイプ？

「せめて名前で呼べ。どんな呼び方でもいいから」

　くぐもった声だ。溜め息のような。
　怒ってるの？
　何を言うかと思ったら、呼び方が気に入らないって？
　"生徒会長"って呼び方が嫌なの？

「名前って…
"ソータ先輩"とか、そういう感じですか」

生徒会長が、黙った。

　図書委員の田町先輩は、2年だから生徒会長と同級生。
　だからソータくんって呼んでもいいんだろうけど…
　まさか、あたしはソータくんじゃダメだよね？　後輩だし。

　心臓が爆発しそう。
　こんな体勢が続いたら倒れそう。
　なんであたし、図書室の片隅で生徒会長に腕引っ張られているんだろう。

「好きなように呼べばいい」

　そっとあたしの腕を離しながら、ソータ先輩が言った。

クールっていうよりドS。
　ソータ先輩の態度の意味が、よくわかんない。

　あたしはその夜、なかなか眠れなくて。
　ベッドで何十回も寝返りを打って、苦しんで…

"好きな人って―――誰？"
"せめて名前で呼べ"

　いちいち気にしてしまうのがいけないんだよね？
　多分、深い意味なんて何にもないんだよ。
　きっと、ソータ先輩はチャラ男なんだ。
　ヘラヘラしてないからそうは見えなかったけど、一見チャラく見えないチャラ男。てゆーか、女たらし。
　いちいち言動に振り回されてちゃ、いけない。

　それから、一週間。
　あたしが図書室にいると、必ずといっていいほどソータ先輩がやってくるようになった。
　別にあたしに会いに来てるわけじゃないと思う。
　単純に、ソータ先輩は図書室のヘビーユーザーなんだろう。

　あたしが本の整理や貸し出し係、新しい本のビニール掛けなど忙しく立ち働いていると、必ずやってきて嫌味を言う。
　なんであたしにやたら突っかかってくるの!?といつもキレそうになる。
「桜、完全に散ったな」
「毎年、あんな不毛なことしてんの？　無駄じゃね？」

ニコニコしながら言われても、返事のしようがない。

　貸し出し係をしている最中に話しかけられるのも、迷惑だ。
　ソータ先輩の質問は、失礼かつ脈絡のない気まぐれで。
「おまえさ、中学どこ？　やっぱり西中？　へえ…」
「貸し出し係がトロくさいから、人がどんどん並んでね？」
（あなたが話し掛けるからです‼）

　ソータ先輩は生徒会長だから、忙しいんだと思う。
　図書室に来てあたしに嫌味ばかり言って、しばらくして出てゆく。多分、生徒会役員の仕事があるんだろう。
　まるであたしに突っかかりに来たみたいじゃない？

　あたしがソータ先輩と会話を交わした後…
　ソータ先輩が行ってしまうと、「何この子！」とばかりに、周囲が白けた態度になる。
　莉果は今週、掃除当番だ。味方はいない。四面楚歌(しめんそか)。

　ソータ先輩は結局、一週間、毎日図書室に来た。
　あたしはずっと図書委員だったので、毎日相手して…
　つまりあたしは、ソータ先輩に目をつけられちゃったのかな。
　考えるのも怖いけど…
　虐(いじ)めがいのある後輩を見つけたぞ、とかそんな感じで。
（そんなの嫌だ！）

　週はじめは、偶然かな？という空気が漂(ただよ)っていたんだけど。
　水・木・金曜日と続くうちに、周囲に悪口を言われてる空気が出てきた。

59

教室でクラスメートに。
廊下ですれ違った上級生軍団に。
なんだかヒソヒソ言われてるのを感じて、怖い。
昨日の金曜日は、昼休み、ついに教室で足を引っかけられて転びそうになったし…
その放課後、あたしが図書室に入った途端に『あ、あのソータに気に入られてる子』って声が聞こえた。

別にあたし、ソータ先輩に気に入られてるわけじゃなくて、一方的にイジメられてるだけなんですけど!?
…と言いたい!!

ソータ先輩は、とにかくモテる。
学校中の女の子が狙っていて… モテすぎて女の子たちが火花を散らしているんだそうだ。
そこを、最近現れた新入生がソータ先輩に近付くなんて、許せない!!って感じなんだろうな。
『身の程知らず〜〜〜!!』と日本刀を持って追いかけられそうな雰囲気だ。学校中の女子の殺気を感じるよ。

あたしは本来、目立たない生徒で。
トロくてどっちかというとイジメられやすいキャラだから、制服の着こなしだって髪だって地味にしているのに…
平穏無事に学校生活を送りたいだけなのに…
泣きそう。

「ほのか、生徒会長に気に入られてるんじゃない？」
莉果が、メロンパンをちぎりながら言った。

莉果までそんな風に言うなんて…。あたしの愚痴を聞いてくれる唯一の味方なのに(ほろり)。

　最近、お昼休みは莉果と２人で食べている。
　莉果は、華やかで社交性があるので、いつの間にかクラスの中心人物の１人になっている。
　でも反面、ごく少数の人にしか心を許さないところがあるみたいで、お昼はあたしだけと食べたがるんだ。
　周囲の目もあって、今週一週間、あまりゆっくり話を聞いてもらえなかったけど…
　今日は土曜日。人のいない視聴覚室で、お昼を食べながらゆっくり話を聞いてもらえそうだ。

「気に入られてる？　それは絶対ナイ！」
　あたしは断言した。
「気に入った子なら、もっと優しくする筈だよ！
　いつ会ってもホント意地悪なんだよ。単にあたしをストレスの捌け口にでもしてるんだよ。
　生徒会長ってストレス多いのかなあ？」

　そう言って、あたしは自分で作ったシャケおにぎりを齧った。
　うちのママはお弁当を作ってくれない。ここ数年、タケルくんのファン活動がママのメインだからしょうがない(涙)。
　朝ひとりで頑張って余分に作ったおにぎりを、海苔を巻かない状態で冷凍もしておいた。
　寝坊した時はレンジでチンすれば簡単だ。
(シャケは冷凍向き。明太子はチンすると煮えちゃうので)

「でもさ、やっぱりほのかのことが気に入って絡んでくるんじゃないの？
 全然興味ないなら、話し掛けてこないでしょ」
 莉果がからかうように笑って顎に人差し指を当てた。
「ほのか可愛いしさ、きっと仲良くなりたいんだよ」
 それ、とっても性善説。全然信じられない。
 とびきり可愛い莉果に言われても、説得力ないし！

"絶・対・に、おまえにはやらない"

 ぜ———ったい、ソータ先輩はあたしのこと気に入ってない。
 あたしのこと気に入ってる人が、あんな態度とるわけない。

「意地悪なことしか言わないんだよ？
 絶対嫌われてる。あたしにはわかるんだ」
 あたしが断言すると、莉果は首をかしげた。
「そうかなぁ… まああたしはソータ先輩とほのかが話してるところを見たわけじゃないしね。
 本人が嫌われてるって言うなら、そうなのかもしれないけど」
「うん！ こういうのは本人が一番わかると思う！」
 あれはどう考えても、気に入ったとか仲良くしたいとか、そういう問題じゃない。

 でも———
 あたしはまだ、莉果に全部は打ち明けられていない。
 花びらをくれなかった時のことも、初音ちゃんに言ったみたいに「暇人扱いされた」としか言えてない。
 ソータ先輩との、図書室の奥でのやり取りも…

あの不思議で微妙な空気が、うまく説明できない。
　"せめて名前で呼べ。どんな呼び方でもいいから"
　腕を引かれた時の感覚を思い出したらカーッとなって、あたしは頭をぶるっと振った。
　怒ってるんだ。怒ってるんだからあたしは！

「ほのか、生徒会長の地雷を踏んじゃったのかもね。
　嫌われるポイントって人によって違うからね〜」
　うんうん、と莉果が頷く。
　そしてあたしを見て、首をかしげて。
「いちいち絡んできて意地悪言うなんて、ちょっと陰険だよね。
　でもさ、ほのかって"ソータ先輩"とか親しみこめて呼んじゃってない？　実はスキ？だったりー」

　"せめて名前で呼べ。どんな呼び方でもいいから"
　だってそれは、本人に言われて———

　でも、うまく説明できない。
　なんかすごくモヤモヤしていて、胸に何かつかえていて、どう言ったらいいかわかんない。
　嫌い。ソータ先輩なんか嫌い嫌い嫌い。
「絶対、それはナイ。あんな意地悪な人、嫌い」
　あたしの大切な思い出を、踏みにじる人は嫌い。

「そっかー。でも生徒会長、意地悪だけどクールだよね。
　あたしも話してみたいなぁ」
　莉果がくすくす笑った。
「クールっていうよりドＳなんだよ。

みんな本性を知らないんだと思う。いじめられっ子の立場になって、やっとあいつの極悪非道に気付くんだ‼」
　あたしは力説した。
「そんなに嫌わなくてもいいのにー。
　もうちょっと話してみたら、生徒会長だってそんなに悪気ないのかもしれないよ」
「絶対悪気あるよ！　大嫌いあんなヤツ‼」
　莉果が苦笑する。
「今度の図書委員の時は、あたしも掃除当番じゃないと思うし。
　絶対近くについててあげる。
　生徒会長が酷(ひど)いこと言ってきたら、文句言ってあげるよ！」
「ありがとー！　持つべきものは友達だー」

　後から思えば、平和な。平和すぎるお昼の時間…

　その時あたしは、いろんなことに気付いてなかったと思う。
　初めての感情を持て余して、動揺して…

　会うたびに、ソータ先輩に意地悪なことを言われて。
　あたしは怒ったり、陰で悔し泣きしたり。
　ソータ先輩なんて、嫌い。大嫌い。そう思って…

「恋に恋していた」？
「傷つくことに怯(おび)えて踏み込めなかった」？

　どんな言葉も、少しだけ想いにかすって、通り過ぎてゆく。

カナタくんが好き。
でも、もしかしたら。
あたしは「小学3年生の、幼い恋」に―――
「カナタくんが好きな自分」に、逃げ込んでいたのかな?

　その頃のあたしは、子供過ぎて何もわかっていなかった。
　愛することも愛されることも、自分自身も。
　幼い思い出だけはいつでも優しくて、決してあたしを傷つけたりしないから…
　逃げ込んでいた。
　ぎゅっと目を閉じて、耳を塞いでいた。

それでも、どうしようもなく。
時は、幼い恋を過去に押し流してゆくんだ。

あたしの意志を置いてきぼりにして―――

出会いのはじまり。

　人と人との出会いって、どこらへんから始まるのかな？
　じっと穴の開くほど見つめられていて。
　目を伏せていた人が、ふと顔を上げて。
　───目が合った瞬間？

　次の週は莉果も掃除当番ではなく、あたしも図書委員の当番ではなかった。
　でもトロいあたしは、ノルマのビニール掛けや本の整理が終わっていなくて、やはり放課後は図書室に向かった。
　多分あたしは今、図書室がすごく好きになっている。

　莉果も図書室行きに付き合ってくれた。
　目立つ美少女と歩いていると、時々人に振り返って見られ、ドキッとする。
「やっぱり莉果って可愛いから注目浴びるよね…」
　図書室のドアを開けながらあたしが言う。
「別に浴びてないよ。ほのかの方が注目されてるでしょ」
「それ絶対嘘だー」
　仲のいい女の子同士の褒め合いっていうのは、割と本気で言い合ってることが多いと思う。
　…でも莉果は、どう見ても突出して可愛いからなあ。
　ほら、図書室の中に入った途端に、周囲の反応が違うもん。

　図書室のカウンターの中に入ってから、あたしは「ごめんね、ちょっと待ってて」と言おうと莉果の方を見て…
　そして黙り込んでしまった。
　莉果が真剣な眼差しで一点を見ているのがわかったから。

莉果の視線の先を見ると…　ソータ先輩だ。
　今日はもう来ていたんだ。
　ソータ先輩は、図書室の真ん中、大きいサイコロみたいなクッション性のあるチェアに前かがみに座っていた。
　そして腿に肘をついて、文庫本を読んでいる。
　莉果は、あの人が生徒会長だって気付いたのかな？
　あんな大きな莉果の目でじーっと見られて、ソータ先輩は気付かないのかな、と思いながら見ていると。

　ふと、ソータ先輩が顔を上げて莉果を見た。
　不意を突かれびっくりしているように見えて…　思わずあたしは、カーッとなってしまった。
　顔を上げたら美少女が自分を見てたら、思わずカーッとなっちゃうと思いませんか？　他人事ながらドキドキするよ‼

「なんだよ、何赤くなってんの」
　ソータ先輩が莉果———を通り越して、あたしの方を見て大声で言った。
「ご、ごめんなさい！」
　反射的に謝る。我ながらバカな反応をしてしまった。
「おまえ今日も図書委員？」
　ソータ先輩が立ち上がり、あたしの方に向かってくる。
　周囲がザワッ…と視線を向けてくるのを感じて、青ざめる。
　これ以上あたし、目立ちたくないんだけど。
　このままじゃ、本当に学校中の女子に袋叩きにされる。

「あの、生徒会長の中岡先輩ですか？」

その時、莉果がソータ先輩に声をかけた。
あたしの窮地を察してくれたのかな？
「そうだけど」
ソータ先輩が莉果に振り返ると、周囲の視線が一気にあたしから莉果に移った。
「あたし、成瀬莉果です。先輩とお話ししたかったんです！」
ピシ……ッ
周囲の空気が凍り付いたのを感じた。

"あたしも話してみたいなぁ"
"生徒会長だって案外イイ人かもしれないよー"
有言実行とはこのことだ。
新入生が、物怖じせずにいきなり生徒会長にニコニコ話し掛けるって… それだけで『事件』だと思う。
もとから莉果ってちょっとスゴイ子だとは思っていたけど、本当にこんなに大胆に話しかけるとは。

莉果はソータ先輩と話し始めた。
周囲は大注目。かなり厳しい視線が莉果に注がれるのも感じたけど、莉果は気にする様子もなく。
あたしは2人が何の話をしてるのかわかんないまま、奥の書棚の整理に行った。
10分後に奥から戻ってくると、まだ2人は話している。
なんだか仲良さそうだなあ… とぼーっと思った。

じきにソータ先輩は用事があったらしく、図書室を出て行ってしまった。
お蔭で、あたしは周囲の厳しい目から逃れられたけど…

莉果は恐ろしく注目を浴びたままだ。すっごい目で睨んでる先輩もいて、怖い。
慌てて、莉果を抱きかかえるように図書室を脱出する。

ぜいぜいぜい。
やっと、周囲の厳しい視線から離れた気がする。あたしは校舎の陰で、身体を折り膝に手を置いてうなだれた。
やっと息が落ち着いて顔を上げると、莉果は平然としてる。
この子、大物…
「何の話、してたの？」
「本の話。やっぱ男子はミステリーだね」
「そうなんだ…」
ふつうに健全に、本の話をしていたわけね。
ミステリーの話なら、あたしもついていけるかなあ？
文庫化されている有名作家の本なら、けっこう読んだし。
「本格派か新本格派か、社会派かサイコロジカル系か、そのあたりを探ってたんだけど。
どうもソータ先輩は海外の警察物が好きみたいね。ウィングフィールドとかコナリーとか」
「…そ、そう、なんだ…」
全然わかんない。ついていけない、かもしれない。

「ソータ先輩って、３人家族で市内に住んでるみたい。学校からも近い中心部の便利なとこ。
お父さんの病院からはちょっと離れてるから、ソータ先輩とお母さんのためかな？」
いつの間にか、莉果も『ソータ先輩』って呼んでるし。
ほんの10分程度の会話の間に、莉果はあたしよりソータ先輩

に詳しくなっている気がする。

「あの… 莉果のおかげで助かったかも」
　あたしはおずおずと言った。
「最近、図書委員の時間が針のムシロって感じだったから。ありがとう…」
　そう、お礼を言わなきゃって思ってたんだ。周囲のあたしに対する注目が激減して、空気が柔らかくなった。
　あたしを見る白い目が莉果に移ったということだけど。
「ただ、莉果が意地悪されないかどうか、心配…」
　女子の嫉妬ほど怖いものはない。
　莉果は可愛いし目立つ。総攻撃されたりしたらどうしよう。

「んー。大丈夫よ、あたしは。
　割と昔から、肉食？って言われて叩かれてたしー」
　莉果がにっと笑って言った。
「に、肉食、ですか…」
　あたしには一生縁のなさそうな言葉だ。
「割と自分から話しかけたりするの、へーきだし。すぐ男子と仲良くなって、女子たちに叩かれまくってたんだよね」

「男の子とも普通に仲良くなれるんだね。
　ちょっと羨ましいな。あたし、カチコチになっちゃうから…」
　莉果は、誰とでも気さくに話せるみたいでスゴイな。
　あたしは男の子が超苦手な現状を、なんとかしたい。

　莉果は首を傾げながら、さらりと。
「あたしは、男子も女子も同じように仲良くしてるだけなんだ

けどな〜」
「つまり莉果って、中学の頃すごくモテてたんじゃない？」
　あたしはドキドキしながら聞いてみた。
　莉果はとびきり可愛いし、話も上手だし。
　男の子に気さくに話しかけたりしたら、一撃必殺！って感じだろうな…

　つまり、莉果はナチュラル〜に男の子と友達になっちゃうタイプで。それを周囲に誤解されたってことかな。
　それだけで、肉食とか言われちゃってたなら可哀相…
　と思いかけたあたしは、次の莉果の言葉で固まった。
「中３の時、同じクラスの男子が15人くらい？告ってきてね。
　その時は、女子全員を敵に回してちょっと大変だった」
「…」
　クラスの15人って。えーと、30人クラスなら男子が半分の15人で…全員じゃん!!
　そんなにモテちゃったら、どんなに悪気なくても、女子を敵に回すのも無理はないかも。

「あたしね、男子と話す時に女子の顔色見たりさ、そういうの面倒くさくて。女子って裏表あるのが嫌なんだよね。
　高校入ったら、ピュアな子と友達になりたいって思ってたの。
　ほのかと友達になれて、嬉しいんだよ」
にこっ。
　あたしに可愛らしい笑顔を向けてくれて、思わず赤くなる。
　ピュアな子…　ですか。それであたし？
　まあ、ピュアっていうより、バカ…　かもしれないけど（泣）
　でも、あたしには莉果が悪い子には見えない。

モテる子だからって、肉食とか決めつけるのもヒドイよね。
　莉果は素直でストレートな子であるだけなんだ、きっと。
　あたしがそんな風に納得して、ひとり頷いてると。
「でもさあ、あたし散々肉食肉食って言われてたけど、自分から告ったことはないよ。
　やっぱ、男から告らせるものでしょ？」

　ごくり。
　思わずつばを飲んでしまいました。
　や、やっぱりあたし、自分とは縁のない世界の人と、いつの間にか仲良くなってたみたいだ。
　すごい。素直に感動した。いるんだ、こういう人。

「じゃ、あの。今付き合ってる人、いるの……？」
　聞いていいんだろうか。
　でも、これからも仲良くしていきたいし、聞いておくのは大事なことのような気がする。

　すると莉果があたしを見て…　一拍、間を置いてから言った。
「いないよ。前はいたけど」
「…はぁ。そうなんだ」
　こういう時、何とコメントしたらいいんだ！？
　莉果がふうと溜め息をついた。
「なんかつまんない男が多いよね。すきすき言われても、こっちは白けちゃうっていうか」
　と、言われても。
　あたしなんかいつも、つまんない以前の問題だから。

すきすき言われたことなんて、ないし。
とても『そうだよねえ』とか言えないよ！

"えーーーっ！　ロマンティック‼"
"すごいじゃーん、忘れられないんだ？　今でも好きなんだ？"
　あたしがカナタくんのことを告白した時、莉果が言ってくれた言葉を思い出す。

　莉果は、本気で好きになれる男の子を探してるのかな。
　自分から好きになれる、魅力的な男の子を。
　こんなに可愛くて、頭もよくて、モテモテなら。
　そのへんのふつーの男の子じゃ、物足りないんだよねきっと。
　さすが。莉果って、あたしとは違う…

「ほのか、"莉果ってあたしとは違う〜"って思ってるでしょ」
「え…っ！」
　内心がバレてる。
　莉果がくすくす笑いながら言った。
「わかりやすっ。ほのかもあたしと同じだよ。
　本気で好きになれる人を探しているだけでしょ？」
　言葉が衝撃的で、思わず目を丸くしてしまった。

「ほのか、男子に壁作ってるでしょ。
　壁を壊したら、きっと今よりずっとモテるよ。可愛いもん。
　ほのかは壁を壊したくないだけでしょ」
「壁…」
　いや、あたし可愛くないけど。確かに壁作ってる…　かも。
　でも、なんで？（自分なのにわかんない！）

「なぜかというと、ほのかにはカナタくんが見つかったから」
「あ…」
「ほのかにはカナタくんがいるから他の男の子に壁を作ってる。
　あたしには、まだ運命の人が見つかってない。
　それだけのことだよ。同じじゃん!」
　莉果が真顔であたしの顔を覗き込んで―――

　同じ、なのかな?
　でも確かに…　同じなのかもしれない。
　あたしたち、全然違うようでいて似てるのかな?

　2人とも、本気で好きになれる人を探していて…
　あたしにはカナタくんが見つかっていて、カナタくんを探している。
　莉果は見つかっていなくて、まだ見ぬ誰かを探している。
「そっか。同じ…」
「そ!　同じ!」
　莉果がにっこり笑いかけてきて…
　あたしもそっと、照れたように笑い返した。

　そこには危うい予感が秘められていたと思う。
　友達同士の恋愛観が「おんなじ!」って、難しい。
　似通った友達がいつも隣で笑いさざめいていたら。
　出会いも、恋も、重なってしまいがちで…

　でもあたしは、その時。
　嬉しくってたまらなかったんだ。

あたしの幼い思い出も、バカにしたりしないで。
「ほのかにはカナタくんがいる」って言ってくれる…
　そんな友達が見つかるとは思わなかったから。
　もしかしたら恋みたいに。
　ううん、恋よりも大切かもしれない、友達。

　心から大好きな人と、大恋愛して、幸せになりたい。
　そんなシンプルな夢が、ひどく遠く難しく感じてしまうけど。

　でも、莉果といると。
　願えばいつか叶う。そんな気がしてくるよ———

第3章　きっと来ない

ぬいぐるみの青い象と
にらめっこする
あなたを待っている　それは賭けだった
たとえ確率1パーセントでも　待たずにいられない

あたしは笑うだろうか　いつか遠い未来
不器用な昔の　幼い恋と
伝えなければ　伝わりはしないのに
あたしがここにいること

それでも　待たずにいられない恋がある
汚れない孤独を抱きしめる　幼いあたしがいる

あなたを待っている　きっと来ない　決して来ない

来ないことで完成する恋(ピュア)がある

幼いキス。そしてさよなら

　次の日は図書委員もなく、仕事も一応終わっていたので、あたしは図書室に行かなかった。
　高校に入って、生活の変化がそろそろ体調に響いてきてる。
　あたしあまり体力ないし。早く帰って宿題やって、早めに寝ないと…

　莉果は「今日も行く」と言うので、教室前で別れた。
　本当に本が好きなんだなあ。

　♪～
　家に帰った頃、莉果からメッセージが届いた。
『今日もソータ先輩、来てたよ』
　メッセージを開けて『ソータ先輩』の文字を見た瞬間、何故かドキッとした。
　なんで動揺するんだろう。どうでもいいことなのに。

　何て返せばいいんだろう？
『ソータ先輩って、図書室が好きなんだね』
　とりあえず、こんな風に返す。
　すると送ると同時に返信が来た。
『ほのかのこと、聞かれた。今日はあいつ来ないの？って』

　ド、ド、ド…
　心臓の鼓動が激しくなってきて。
　…どうして、あたしのことなんか莉果に聞くんだろう？
　返信を迷ってたら、莉果が畳みかけるように送ってくる。
『来ればよかったのに。また先輩と話せて楽しかったよ』

『行かなくてよかった。また意地悪なこと言われちゃうから』
『ソータ先輩イイ人じゃん。
　ほのかのこと、ちょっとからかってるだけだよ』

　ちょっとからかってるだけ———なのかな。
　やっぱり行かなくてよかった。ソータ先輩とは会いたくない。そう思うのに…
　心臓はドキドキしたままだ。どうしてあたしは、動揺しちゃってるんだろう。

『今度、図書室にない本を先輩に貸してもらうことになった。
　ほのかにも回していいか聞こうか？　ウィングフィールド』
　いつの間にか、仲良くなってるなあ。
　周囲の冷たい視線の想像がつく。でもどんなに白い目で見られても、莉果は自分の心に素直に行動するんだ。
　ソータ先輩は、莉果と合っている気がする。

『遠慮しとくね。あたし外国のミステリーって、登場人物の名前がおぼえられなくて』
　ちょっと考えてから返すと、すぐ返事が来た。
『読みたくなってきたら言ってね』
　莉果はいつも率直で親切だ、と思う。

『ありがと』
　あたしがお礼のスタンプを送って…
　最後に、手を振る女の子の『じゃあね』スタンプが送られてきて、会話が終わった。

ぼんやりスマホの画面を見つめる。
　莉果とソータ先輩なら、お似合いかもしれない。
　莉果なら周囲に叩かれても自分を貫いて、学校で一番モテる生徒会長とだって、堂々と付き合いそう。

　でも、なんだかぎゅっと苦しい感覚がして、あたしは胸を押さえた。
　なんでかな。莉果をソータ先輩に取られそうで悲しいの？
　…よくわかんない。
　なんだか、頭の中ぐちゃぐちゃ。

"せめて名前で呼べ"
　どうしてこんな時に、ソータ先輩の言葉を思い出すんだろう。

　ソータ先輩なんか嫌いなのに。

　記憶は、時にほどかれてゆくようでいて。
　繰り返し繰り返し反芻されて…
　消えないくらいに刻み付けられることも、ある。

　図書館の奥の方、書棚の陰。
　好きな人に手を引かれて、ドキドキしながら過ごす時間。
「転校するんだ」
　その日、カナタくんは言った。あたしは、頭を岩石に打ち付けられたようなショックを受けて。

「どうして??」

「お母さんの病気がよくなったから。
　2人で東京に戻ることになったんだ」
「そう———なんだ」

　戻る？
　東京に戻るってことは、以前は東京に住んでいたの？
　そんなことも全然知らなかった。

　出会ってから2年以上の時が流れて。
　あたしは3年生、カナタくんは4年生になっていた。
　考えてみたら、カナタくんはあまり自分を語らない少年で。
「かなた」という名前と、学年と、おばあちゃんと暮らしていることと…
　ああ、本当にカナタくんについて何も知らない。
　たくさんの時間を一緒に過ごしたのに。

　あたしはカナタくんに何も聞けなかった。
　そう、カナタくんが話したがらなかったからだ。

　別れの時も、カナタくんは不思議な笑みを浮かべながら。
「僕、手紙書くの好きじゃない。なんだか嘘っぽくなりそうで。
　住所交換とか、したくない」

　呆然とした。
　君とはここで縁を切りたいって、言われた気がしたんだ。
「でも…　もう会えないなんて…」
「会えるよ。いつか絶対会える。
　会えたら絶対、君に気付くから。君も、僕に気付いて」

夢みたいな会話だった、と思う。

　あたしは彼をたまに「カナタくん」って呼んだけど。
　カナタくんはあたしを、いつも「君」って呼んでいた。

「あたしは、絶対カナタくんを忘れないよ。
　でもカナタくんは、きっとあたしを忘れちゃう」
「忘れないよ」
「信じられない」

　ボロボロ涙がこぼれて。

　あたしはずっと、図書館通いが習慣になっていた。
　3年生になると、1人で自転車で来ることが許されて、あたしは嬉(うれ)しくて。毎日図書館に通って。
　カナタくんに会いたいから。それだけだったのに。

　涙で顔がぐちゃぐちゃだ。
　あたしは目を伏せ、ティッシュを取りに行こうと動いて…
「…信じろよ」
　その時、腕を掴(つか)まれた。強い力で。
　優しいカナタくんが怒ったのかと思って、あたしは怖くなって振り向く。
　カナタくんのもう片方の手が、あたしの顎(あご)を掴んで上に向けさせた。
　何が起こってるのかわからないまま…
　唇が重ねられた。

時が止まったように感じた。
　ドキドキして…　ドキドキし過ぎて心臓が壊れるんじゃないかと思って…
　唇がゆっくり離され、眩暈(めまい)でフラつくあたしの額にカナタくんの額がコツンとぶつけられた。

「絶対、会えるから」

　図書館は異世界かもしれない。
　一歩踏み込むと時がループする、そこは不思議空間。
　カナタくんは何故か、とても確信的で。
　確信しているからこそ、何も教えてくれないのだと感じた。

　いつか会える運命を彼は知っていて。
　だからこそ今は、何も告げずに別れるんだって———

　──────
　─────
　────
　…

「カナタくんって、名字は何て言うの？」
　次の日のお昼休み、クロックマダムをもぐもぐ食べながら莉果が言った。
　クロックマダムは、近くのパン屋さんの新商品だ。
（トーストサンドであるクロックムッシュに、さらに目玉焼き

が載ってて、食べにくい。でもとってもおいしい)
　莉果はあたしの思い出をバカにせず、カナタくんのことも熱心に聞いてくれる。

「えーとね、蒼山。蒼は、草かんむりの蒼」
　あたしはぽんやりと答える。
「へえ。なんか可愛いっていうか、カッコいい名字」
「そうでしょ？　蒼山カナタなんて、超ブルー‼︎って感じだよね」

　山の向こう、彼方に広がるちょっとくすんだ蒼い空…
　あ、なんかカッコいい。文学少年って感じ。
　名前って重要だよね。中岡ソータじゃ、なんとなくつまんないっていうか、平凡じゃない？
　ふと気付いてハッとする。
　なんでソータ先輩と比べてるんだろ、あたし。

　実は、カナタくんがあたしに名字を教えてくれたことはない。
　カナタくんは、自分のことを話さない子だった。
　何故だろう。あまり人に自分のことを知られたくないように見えた。

　カナタくんは普段、本も借りなくて、図書カードも持ってなくて。
　図書館では本を読んだり勉強するだけで。借りる時はおばあちゃんに頼んで借りてもらっていたようだ。
　後から思えば、すぐ東京に戻ると思って自分の図書カードを作らなかったんだろう。

お母さんの病気が、すぐに治ると思って…
　カードを作ってしまうと、お母さんの病気が長引く気がしたのかな。気持ちはわかる気がする。
　自分が、いずれここから居なくなることを意識しながら暮らしていた… 今は、カナタくんのことをそんな風に思う。

　実はあたしは、彼の後をつけてしまったことがあるんだ。
　彼がハンカチ代わりのミニタオルを忘れていったので、忘れ物を届けるって名目でそっと後を追ったんだ。
　当時、彼のことはすべてが謎(なぞ)で。
　彼の家も、名字も知らないことに気付いて愕然(がくぜん)としたあたしは、どうしても彼の家に行ってみたくなって。
　おばあさんと話しながら歩いていた彼は、ゆっくりと歩いていて… あたしは気付かれずに彼の家を突き止めてしまった。

　カナタくんの家は、古い、そして感じのいい洋館だった。
　家に寄り添うように大きな木が立っていたことを憶(おぼ)えている。
　どことなく少女趣味の、少し外国風の。
　そして門に「蒼山」という表札がついていて…
　あたしは気後れして、そっとポストにタオルハンカチを入れた。彼の名字は蒼山なんだって、その時知ったんだ。

　そこにカナタくんは、おじいちゃんと、おばあちゃんと、お母さんとで住んでいた筈(はず)。
　お母さんは入退院を繰り返していた。多分両親は離婚していて、お父さんはいない———
　そんな複雑な家庭環境が、カナタくんを大人にしたんじゃないかと思う。

大病院の息子で、家族３人で何不自由なく暮らしているソータ先輩より、カナタくんはずっと大人だ…

　またハッとする。いいかげんにカナタくんとソータ先輩を比べるの、やめよう。バカみたいだ、あたし。

「何、百面相してるの？　首ぶるぶる振っちゃって。
『カナタくんよりソータ先輩の方がカッコいいかも！
　いやダメよ、あたしが好きなのはカナタくんなんだから‼』
　…とか考えてる？」
　莉果がくすくす笑いながら言う。
「違う！　断じて絶対確実に違う‼」
「ムキになるところが、怪しすぎる…」

　ふう、とあたしは溜め息をついてから、莉果に向き合った。

「でもさ、あたしじゃなくて莉果こそ。
　───ソータ先輩が好きなんじゃないの？」

実はスッゴイんだけど、学校では何もしない。
　莉果に思わず、「ソータ先輩が好きなんじゃないの？」って言ってしまったことには、理由がある。
　ソータ先輩と話している時の、莉果の横顔が…
　いつもほんのり上気して、嬉しそうで、幸せそうなんだもん。

　あたしは仕事がトロいこともあり、図書室が好きなこともあり。結局放課後、毎日のように図書室通い。
　莉果も付き合ってくれて、いつも一緒に行く。
　すると決まってソータ先輩がやってきて———

「おい」
　最近は、そんな感じで雑に話しかけられる。
「また来たんですか。生徒会で忙しいんじゃないんですか」
「そっちこそ毎日来てるだろ。暇なヤツ」
「あたしは図書委員ですから！」
「全然役に立ってなくね？　いてもいなくても同じ的な」
「ちゃんと仕事してます‼」
　この程度の会話でも、ソータ先輩をよく知る人の目には大変奇異に映るらしい。
　普段はもっともっとクールで、自分から絡んでゆくことなんてほとんどないんだって。

「おまえって、昔から…」
　ソータ先輩が何かを言いかけ、あたしが顔を上げかけた時。
「ソータ先輩！　先日は、本ありがとうございました！」
　背後から莉果の大声が。
　振り向くと、ニコニコしながらソータ先輩に話しかけてる。

あたしをイジメから救ってくれようとしてるんだろう。
　でも莉果は、ソータ先輩とのやり取りそのものを楽しんでるように見える…けど。

　あたしはすっと席を外して、図書委員の仕事を始める。
　莉果が話しかけると、ソータ先輩も紳士的に返答している。
　そういう時は生徒会長っぽい…　あたし以外の人には親切なんだよね。ううん、莉果だからかな。

　その日、あたしは貸し出しカードの整理をしながら、２人が会話しているのをそっと盗み見ていた。
　いつまでも会話が途切れず続く。

「ええ、あたし日常モノが好きなんだけど、やっぱり犯罪捜査がミステリの醍醐味かなあとも思うんです」
「やっぱ女の子は日常モノが好きな子が多いんだろうね。
　俺はどうしても死体が出てこないと物足りなくてさ」
「警察モノって、日常と犯罪捜査が絡んでてリアルで最高でした。また貸してください！」

"ほのかもあたしと同じだよ。
　本気で好きになれる人を探しているだけでしょ？"

　莉果は見つかったのかな。本気で好きになれる人が───

"ソータ先輩が好きなんじゃないの？"
　あの時莉果は、一瞬、無防備な顔をしたんだ。
　虚を衝かれた、というのかな。

それから、曖昧に微笑んで、話をはぐらかされてしまった。

　莉果は、生徒会長とかイケメンとかお金持ちの息子とか、そういうことには興味がない子だと思う。だから、最初からソータ先輩に目を付けてたわけじゃないと思うけど。
　話してみたら会話が通じて、楽しくて、どんどん惹かれていったんじゃないかなあ…
　ソータ先輩だって、あんなに可愛くて頭もいい莉果を見たら、好きにならないわけないよね。
　お似合いの２人だ。

「ねえ、ホントのところはどうなの？　ほのか知ってる？」
　次の日登校するなり、いきなり初音ちゃんに聞かれる。
「…何を」
「成瀬莉果と、ソータ先輩。付き合ってるってマジ？」
　最近、図書室で莉果とソータ先輩が話しこんでいるのは、多くの生徒に目撃されているようで。
　早くも隣の席の初音ちゃんにまで噂が届いてるようだ。
「うーん、とりあえず、付き合ってはいないんじゃない？」
　少なくともあたしは聞いてない。

「意味ありげな雰囲気だったって聞いたよ。
　あーあ、男ってやっぱり美人が好きよね。ソータ先輩も例外じゃなかったか…」
「…」
　そうか、莉果みたいに可愛い子だと、こんな風に納得されちゃうわけなのね。

あたしがシミジミしていると、初音ちゃんが興奮しながらあたしの肩を揺さぶり始めた。
（この癖、けっこう痛いのでやめて欲しい）
「イケメンなんだからさ、もっと美に無頓着でイイと思わない？　ほら、イケメンはイケメン遺伝子持ってるから、女の子の顔にこだわらないって言うよね？　聞いたことない⁉」
「は、はぁ…　そういうもの？」
「あーつまんない‼
　ソータ先輩は絶対、女の子の中身重視だと思ってたのにな。イケメンと美人がくっついてもなーんも面白くない！」

　いや、中身を重視してたらたまたま美人だった、というケースもあるのでは…
　と言いかけて、空しくなってやめる。
　やっぱり中身も外見も両方持ってる子が最強よね。当然だ。

　あたし、なんか疲れてる。なんでだろう。
　何もする気になれない…

　図書室に行くのは最低限にしよう。図書委員当番のない日は行くのをやめよう———と、その時思った。

　放課後、帰り支度をしていると莉果が寄って来た。
「今日も図書室行くよね？」
　莉果は今日も行く気満々のようだ。
「あたしやめとく」
「えーなんで」

莉果は心底不思議そうだ。
　確かにうちの学校の図書室は、とても居心地のいいところだ。
　学校の図書室にしては珍しく、雑誌や、ラノベや、ケータイ小説もある程度置いてくれてる。毎日行っても飽きない。
　本好きの莉果が行きたがるのもわかるんだけど。
　いや、ソータ先輩に会える可能性が高いから行きたいのかな。
「ごめん、ちょっと今日頭痛いし」
「わかった。残念…　じゃあ、また明日ね！」
　靴箱のところで莉果と別れる。
　莉果が図書室に向かっていくのを見送ってから…　あたしがくるっと振り向いて出入り口に向かうと。

「今日は図書室に行かないのか？」
　またこの人が───
　あたしはちょっと振り向いて顔を確認した。
　やっぱり、ソータ先輩…

「行きませんっ！」
　パッと背を向けると、小走りで出入り口の方へ向かった。相手をしてもしょうがない。
　ソータ先輩は神出鬼没だ。この人、実は学校イチの暇人なんじゃないだろうか。
「おい、待てよ」
　後を追って来ないで欲しい。
　デカい人が背後にいると圧迫感があるんだ。
「何ですか、一体」
　廊下の曲がり角、目立ちにくい片隅で立ち止まり、振り返る。
　なるべく人目につかないようにしたい…

「なんでおまえいつも怒ってるんだよ。怒る理由ないだろ」
　怒る、理由が、ない……？

　すっごく腹が立ってきた。怒る理由ありすぎるよ！
　嫌なヤツというのは、自分がヒドいことをしても無自覚だから嫌なんだ!!
「花びら……っ！」
　あたしはぎゅっと握りこぶしを握った。
「…は？」
「花びら、くれなかった……っ!!」

　しん、となる。
　あたしは下を向いて唇を噛みしめていた。
　ソータ先輩が黙ってしまう、ということは、よーやく自分のしたことの重大さをわかってくれたってことだろうか。
　この人は、からかってバカにして踏みつけたんだ。
　あたしの思い出を。あたしの───恋を。
"別に要らねーよ、こんなもの。いつでも掴めるし"
"絶・対・に、おまえにはやらない"

「そんなに───」
　ソータ先輩が呟くように言った。
「花びらが欲しかったわけか」
　静かな口調だ。何を考えているのかわかんない。

　あたしはうつむいたまま、厳かに頷いた。
　やっと、この意地悪な先輩も自分のしたことの罪深さが少しはわかったんだろうか。

ソータ先輩は、本当に本当に意地悪だった。
　春は、また１年待たないと来ないのに。
　あの日が今年最後のチャンスだったのに…

「そいつ、この学校にいるの？」

　ぎくっ　…とする。
「そ、そいつって…」
　あたしの好きな人ってこと……？　やっぱり。
　小３の頃の初恋が☆なんて言ったら、どんなにバカにされることやら…
「中学時代の同級生って言ってたよな。
　同級生ってことは、同じ西中だったってことだろ」
「あ、あ、あああの」
　どうしよう。その場しのぎの嘘を記憶されちゃってる。
「西中…のヤツが行く高校は、ここが一応トップだけど。
　もしかしてＦ高？　Ｎ工業？」
「ここです！　うちの高校だもん!!」
　うちの地区では、一応地域トップのこの高校に行くのが誇りということになっているんだ。
　だからつい、そう言っちゃったんだけど。
　…気付いてサーッと青ざめる。
　どうしよう。そんなこと言っちゃったらまずかったのでは。

「おまえ、挙動不審。赤くなったり青くなったり」
　あろうことか、ソータ先輩はいきなり、あたしの頭を掴んで引き寄せた。かがんであたしの顔を覗き込む。
　顔近い。カーッと赤くなってしまう。

「そいつ、同じクラス？　名前は？」
　疑わしそうな聞き方だ。嘘を見破られてしまった……？

「内緒です‼」
　どうしよう。心臓がバクバクしてくる。
　呼吸も苦しくなってきた。目がかすむ。
「じゃ、せめてどんなヤツなのか言え。理系？　文系？」
「…あ、あの。りけいとかぶんけいとかじゃなくて、あの」
「なんだそれ。体育会系か」
「そ、そんな感じです。はい」
　どんどんソータ先輩のペースに乗せられてしまっている。
　答えなきゃいいのに…　でも答えないと超怖い‼

　頭の後ろに、ソータ先輩の掌(てのひら)を感じる。
　離してくれないまま、ますます顔を近づけてくる。
「体育会系ってことは、クラブやってるってこと？　どこ？」
　低い声。有無を言わせぬ響き。
　答えないとヤバそう。でもなんであたし、ソータ先輩に好きな人のことを告白しなきゃいけないんだろ。
　テキトーに嘘を重ねすぎて、今更何て言えば納得してもらえるのか…
「早く言え」
　息がかかりそうに近くから、低音が響く。
　地の底から響くような…

　あまりの緊張に、あたしはその時『ぷしゅー』って頭のどこかが空気漏(も)れした。
　パッと視線を上げる。至近距離で目が合った。

すごい綺麗な顔だ。怖くない。怖くないもん!!
「あの、その人、本当の自分を隠しているんです!」
「…へ?」
　ソータ先輩が一瞬、あたしの勢いにひるんだように見えた。
　ひるんだといっても『あ…蚊だ』って程度だとは思うけど!!

「その人、趣味がスゴくて。えーと、アイスホッケーとか、山登りとか、色々やってるんです!」
「…うちの高校にそういう部活はないな」
「そうなんです!　だから、学校では何もしてなくて。
　実はスッゴイんだけど、学校では隠してるんです!
　だから、その人を探しても見つかんないと思う!!」
　我ながら酷い言い訳だけど、一気に言い切った。
「…へえ」
　ソータ先輩が、わかったようなわかんないような顔だ。
　あたしの説明が変すぎたのか、次の質問が繰り出せない様子。

　頭を掴まれてる手の力が緩んだ。
　今だ!
　この隙に、逃げなければ……っ!!

「そういうことですからっ!　じゃあ!!」
　手を振り払うように離れる。
　しゅたたた…
　あたしの頭の中で漫画みたいな効果音が流れた。
　逃げなきゃ早く!

　あたしは振り返りもせず、走って家に帰った。

ただ運命を待ってるだけじゃ、ダメ。

　玄関を開けてもらうと、着替えもせずにリビングのソファでぐたっと伸びる。

　なんとか逃(のが)れた…
　(なんでこんなに必死で生徒会長から逃げてるの？　あたし)
つくづく、高校生活って疲れるよ。
　中学はもっと、もっと平和だった気がする。

　ぽー…っとソファに突っ伏したまま、動けずにいると。
　ママがやってきて、ソファの横に立った。
「ねーなんか作ってよ。バジル沢山(たくさん)入ったパスタがいいな」
　見下ろしながら言われる。
「自分で作ればいいじゃん。ママのが料理上手(うま)いんだからさー」
「いや〜〜っ!!　昨日同担のJCからもらったUステの録画、これから5回はリピるから忙しいの!!」
　…何言ってるのか、相変わらずよくわかんないよ。
（※Uステ＝UTAステーションという音楽番組）

　最近ママは、いつの間にかタケルくんファンの女子中学生（JC）と仲良くなったりしてて。
　雑誌の切り抜きやら録画DVDやら、やり取りしてる様子。
「ところで、ほのかの学校の生徒会長って、中岡病院の息子なんだって？」
　どこから情報を得ているのか、ママは色々詳しい。
「そうだよ。すっごい意地悪で感じ悪い人だけど」
「イケメンなんでしょ？　今度写メ送ってよ」
「…そんなの、無理。あたしみたいな普通の新入生が、どうや

って生徒会長の写真撮るのよ」
「そこを何とか。隠し撮りでもいいからさー。
　中岡病院の３代目なんて、気になるじゃなーい‼」
「…」

　中岡病院は大きな総合病院で、うちの地元じゃ神的存在だもんなあ。
　実際、『全国名医リスト』みたいな本にいつも初代院長が載ってたし、最近は２代目も載ってるし。
　うちの両親もおじいちゃんもおばあちゃんも、みんな中岡病院の患者だ。軽い風邪以外はいつも中岡病院。
　ほとんど信者だ。
　本当にいつ行っても混んでることだけは、なんとかしてほしいんだけど…

　ソータ先輩は３代目の跡継ぎってことなんだろう。
　お坊ちゃまの動静に、地元の視線が集中してる。

　そう、遠い人だ。あたしとは関係ない人。

　莉果はあの後、図書室に行ったんだろうな。
　ソータ先輩も図書室に行ったのかな。そして２人、今日も仲良く話してるんだろうか。
　どうして、ソータ先輩はあたしにばかり意地悪な態度を取るんだろう。莉果には優しいくせに。
　あまり、仲よさげな２人を見たくない———

　と思いかけてブルブル頭を振る。

これじゃ、なんだかあたしがソータ先輩のこと好きみたいじゃない？　あんな人、嫌いなのに。

"ほのかにはカナタくんが見つかったから"

　そう、あたしはカナタくんを探さないといけない。
「ねえ、ママ…」
　あたしはソファから起き上がって、座り直した。
「あたし、カナタくんに本当に会えるかな…」

　大人になるまでまだ間がある。いつかきっと会える。
　あたしは何の根拠もなく、そう思いこんでいたけど。
"会えるよ。いつか絶対会える"
"…信じろよ"
　考えてみたら、カナタくんの言うことを鵜呑みにしてた、というか…
　絶対に会える運命なんて、誰も保証できないよね？

　さすがに、高校生にもなってそれって、まずいかもしれない。
　ちゃんと探し出すことを考えなきゃいけないのでは。
　…と、あたしにしては真面目に考えたのに。

「夢見がちな子だとは思ってたけど、これほどとは…」
　ママがヨヨヨ、と目頭を押さえた。
「ママに言われたくないもん!!」
　いいトシしてアイドルオタクをしているよーなママの子だから、こんな風になってしまったのではないかと。

「あの、大人として言わせていただくと。
　もうちょっと、現実的になったら…？」
「…それ、諦めろってこと？」
　涙目になっちゃうよ。

　ママがチッチッチ、と目の前で指を振った。
「道を歩いていたらカナタくんにぶつかって『奇遇だね！』なんてことは、100年待ってもありそうにないわけですよ」
「なんで？　あってもおかしくないじゃん‼」
「男の子は変わるからねえ。お兄ちゃん育てて実感したけど、女の子よりも激変するのよね。
　身長も一気に伸びるし、いきなり声変わりするし、性格もかなり変わっちゃったわねえ。
　お兄ちゃんと比べると、あなたもお姉ちゃんも変化が少なくて育てやすくて…」
　ママがうんうんと頷いている。
「…それつまり、カナタくんは変わっちゃってるだろうって？
　もし出会っても、気付かず通過しちゃうだろうって？」
「そ。どーせわかんないわよ。だから忘れなさい。以上！」
「…」
　そんなあ。あんまりだ。

「ママ、『日本は狭いからきっと会える』って言ってくれたじゃん‼」
　本気で泣けてきた。
　ママが畳みかけるように言葉を続ける。
「そりゃあ、子供の夢をへし折ってもしょうがないからあ。
　でも現実的に難しいものは難しいでしょ」

「そんなあ…」
「ずっと同じところに住んでるならともかく、引っ越しちゃったんでしょ？
　まー、どうしようもないわよ。諦めなさいよ」
　ポンポンとあたしの背を叩いてくれる。
　あたしはぐすぐす泣きながらママの言葉を聞いていて…

　ひどい。道ですれ違ってもわかんないなんて。
　そんなわけない。
　道ですれ違う以外の再会もある筈だ。

　道ですれ違う以外の再会―――
　あたしはふと、ひとつ重大なことを思いついた。

　翌朝。教室で莉果を見つけると、駆け寄って来て。
「昨日ソータ先輩、図書室に来なかったよ～」
　と、あたしがテキストを準備する横でそっと言った。
　あたしの知る限り、ソータ先輩は毎日図書室に行っているみたいだったから、珍しいことだ。
　毎日の習慣なのかと思ってた。行かない日もあるんだな。

　そして莉果のその言葉で、あたしは…
『莉果はやっぱりソータ先輩目当てで図書室に通ってるんだ』
って、わかった気がした。
　あたしの図書委員に付き合うことよりも。
　本が大好きで図書室に行きたいことよりも。
　ソータ先輩に会えることがモチベーションで、莉果は図書室

通いをしているんだ…

　だから昼休みに、莉果がいつになく真面目な様子でやってきて…
「屋上で食べようよ」
　とひとこと言った時、莉果が何を言うつもりなのか、想像がつく気がした。
　いつもは、教室の片隅で机をくっつけて食べてるんだけど、人のいないところに行きたいんだろう。
「屋上、まだ寒いんじゃないかな？」
「じゃあ、視聴覚室かどこか」
「…わかった」
　多分莉果は、あたしに何か告白しようとしてる。

　莉果は、最近本当にソータ先輩と仲がよさそう。
　もしかしたら、あたしの知らないところでもっと親しくなってるのかも。
　実はもう、付き合い始めてたりして…
　校内は、最初の頃のあたしとソータ先輩の噂なんてあっという間に鎮火し、今は莉果とソータ先輩の噂でもちきり。
　明らかにお似合いだもんね。

　視聴覚室の端の方の席で、周囲を見回して誰もいないことを確認して、お昼ご飯を広げる。
　今日はホットドッグを作ってきた。簡単だから。
　莉果はサンドウィッチだ。お母さん作らしく、羨ましい。
　会話の糸口も見つからないまま、2人でパクパク食べる。
　食べ終わった頃、莉果があたしを見て、困ったような顔をし

て横を向いて、斜め上を見上げて…
「ん——。あのさ…」
　莉果が首をすくめてる。困ったような顔も魅力的で、つい見入ってしまう。
　そう、莉果はそこにいるだけで、人を惹きつける魅力があるんだ。あたしだけじゃなく、きっとソータ先輩も…

「好き、かも…」
　唐突な莉果の言葉に、グサリと刺された気がした。

「あ、そう、うん…」
　返事のしようもなくモゴモゴしていると、莉果が「はあっ」と大きく溜め息をついた。
「あのね、この間、聞かれたでしょ。ソータ先輩が好きかって。
　あれからずっと考えてて———
　ああやっぱり、好きかもって。そう思ったの」

　あたしはしばらくほー…っとしてしまった。
　数十秒後、ふと気づくと莉果が頬を染めて気まずそうにあたしを見ている。
　ハッとして、慌てて。
「なんだ！　よかったじゃん‼　お似合いだと思うよ。
　莉果だったら、誰も文句言わないよ。
　ソータ先輩だって、莉果のこと好きなんじゃないの？」
　一気に言ったら、心臓がバクバクしてきた。

　胸がズキズキ痛み始めてるのは何故だろう…
　傷つくことは、何もないのに。

まさかあたし、ソータ先輩が気になってるのかな。
　そんなわけない。あんな意地悪な人、好きじゃない。
　もしかして、せっかくできた友達をソータ先輩に取られちゃう気がしてるのかな。

　わかんない…

「だからね、あたし…　生徒会に入ろうと思って」
　莉果の言葉に、あたしは驚愕して「ええぇ!?」と叫んでしまった。
　生徒会に入るって…　平凡に生きてきたあたしからすると、激しく遠いことに感じる。
　だって生徒会でしょ？　明らかに学校の中心だよ。

「うちの学校、生徒会長は年末くらいに選挙で決まるんだって。
　でも他の役員は、先生の推薦でいつでも入れるみたい」
「そうなんだ…」
「けっこう忙しいから、わざわざ希望する人はあまりいないみたいよ。先生に自分から頼めば、推薦してくれそう」
　莉果がにこっと笑った。
　本当にあたしの友達は、生徒会メンバーになってしまうんだろうか。気後れするなあ。

「…あの、どういう役員になるの？」
「多分、会計あたりかな。全然人手足りてないみたい。
　今、副会長不在なんだって。この春にも２人辞めちゃって、今は実質、生徒会長と書記だけで回してるって聞いた」

「へえ…」
　けっこう大きな高校の生徒会なのに、そんなものなんだ…
「ソータ先輩めあてで入りたがる子はいても、仕事する気ないからすぐ辞めちゃって定着しないんだって。
　あたしは入るからには、ちゃんと仕事するつもり」
「…」
　莉果の行動力に脱帽する。

「…好き、なんだね」
"ほのかもあたしと同じだよ。
　本気で好きになれる人を探しているだけでしょ？"
　莉果は、本気で好きになれる人が見つかったんだ。
　だから、行動しようとしている。
　あたしも、ただ運命を待ってるだけじゃダメかも。

"男の子は変わるからねえ。女の子よりも激変するのよね"
　ママはああは言ったけど。
　カナタくんに再会できたら、あたしは絶対カナタくんだって気付くと思う。思うけど———
　カナタくんはあたしに気付かないかもしれないし。

　もし、カナタくんがあたしに気付いてくれなくても。
　あたしのことなんか、忘れちゃってても。
　あたしが頑張って探し出せば、もう一度出会える…

「初めて、自分から好きになれる人に出会えた気がするの。
　なんか今、ワクワクしてる。
　———ほのかも応援してくれる？」

莉果があたしを見て首を傾げた。

少しだけ。ほんの少しだけ、胸が痛んだ。
もしかしたらそれは…
友達だけが恋を見つけて、先に行ってしまうから？
わかんない。わかんないけど…

あたしも、歩き出せる気がする。
ただ待つのではなく、行動しようって思えたから。

「応援する。頑張って！　あたしも頑張る！」
　あたしは、莉果に精一杯笑いかけた。

行動しなきゃ始まらない。
　そしてあたしは、次の日曜日。
　カナタくんが東京に行ってしまって以降ほとんど足を踏み入れていない、懐かしい図書館に向かった。

　あたしの本好きがナンチャッテだというのは、こういうところに表れている。
　カナタくんがいた頃は、あんなに読書が魅力的に感じたのに、いなくなってしまうと、急に魅力が失せて見えて…
　いや、それでも本を読む習慣は残ったけどね。
　学校にも図書室はあるし、ママも時々買ってくれるし。
　わざわざ図書館に行かなくても、それで充分だと思うようになっちゃったの。

　カナタくんがいなくなって1年後くらいに、もう一度カナタくんの家に行こうとしたことはあるんだ。
　カナタくんに繋がるたったひとつの手掛かりのような気がして、記憶を辿りながら探してみた。
　でも、記憶が曖昧になってしまって、見つからなかった。
　方向音痴だから、2回角を曲がっただけで、方向もワケわかんなくなっちゃって。
　もう二度と行き着けない気がしていた。

　今なら、探し出せるかもしれない。
　記憶は時と共にぼやけてゆくけれど、小学生の頃よりはあたしだって成長している筈だから。

　日曜日の昼下がり、あたしは自転車で図書館に向かった。

パパは家でゴロゴロしてタブレットPCをいじりながらゴルフ番組を見ている。ママは朝から朝霧タケルくんファンの集い。
あたしは、好きな人の家を探しに行くところ…

図書館の駐輪場に自転車を置いて。
遠い昔を思い出しながら、ゆっくり歩く。
家が無くなっちゃってる可能性も、勿論あるけど。
あの古いけど手入れの行き届いていた洋館は、簡単に取り壊されることなく、今でもありそうな予感がする。

1時間半くらい経（た）っただろうか。
方向音痴のあたしにとってはけっこうな難問で、あたしは何度もぐるぐると同じところを回りながら、困り果てていた。
小3のあたしの足で、ほんの5〜6分で着いたと思うんだ。
大して遠くない、難しくない道だった筈だ。
あたしの記憶力はものすごく偏（かたよ）っている。
どんな家だったかは思い出せるのに、道順についてはとんと思い出せないんだ。

それでも、頑張れば道は開けるものだ。
同じ角を7〜8回曲がったな、とか思いつつ、角を曲がり。
一台のタクシーがあたしを追い越して、数メートル先で止まった。
タクシーの近くに曲がり角があり、こんな道あったっけ？と思いながら細い路地を入ると…
いきなり、パッと記憶が蘇（よみがえ）ってきた。

路地を入って2軒目。

『蒼山』———この表札だ。
　古い洋館。瀟洒な門構え。家の傍に、寄り添うように大木。
　建物は、記憶と印象が違って『こんな家だったっけ？』と思えてしまうけど… 表札はハッキリ憶えてる。
　横長の長方形で、優しい字体で。

　カナタくんの家、見つかってしまった。

　しばらくあたしは、ぼーっと表札を見つめていた。
　どうしよう。
　インターフォンを押してみようか。
　ここにはきっと今も、カナタくんのおじいちゃんやおばあちゃんがいる。
　表札が変わっていないのだから、きっとまだ住んでいる。
　聞いたら、教えてくれるだろうか。

　カナタくんの友達です。
　カナタくんの連絡先を教えてくれませんか…

　あたしは、はあと溜め息をついた。
　それ、すごい勇気が要る。そんなこと言う人が突然現れたら、とっても怪しいよね。
　でも、他に手掛かりはないんだ。
　カナタくんのおばあちゃんは、昔、挨拶したことあるし…
　勇気を出して、聞いてみようかな。

　あたしはドキドキしながらインターフォンに手を伸ばした。
　ガチャ…

あたしがまだインターフォンに触れてもいないのに、玄関ドアがゆっくり開き始め、あたしは驚愕して飛びさった。
　だだだだ———っと走って逃げ、角を曲がってしまう。

　どきどきどきどきどき…
　心臓の鼓動が鳴り響くのを感じつつ、壁に寄り掛かる。
　何やってるんだろ、あたし。
　家から人が出て来たなら、聞いてみればいいのに。
　慌てて逃げてもしょうがないのに〜〜‼

　そっと、壁から顔を出して、覗く。
　誰が出て来たんだろう。おばあちゃんかな。
　おばあちゃんだったら、やっぱり勇気を出して聞いた方が。
　こんにちは、廣田ほのかといいます、カナタくんの友達で…
（ブツブツ口の中で練習）

「お父さんの腰も、少しは良くなったみたいでよかったわ」
　誰だろう。おばあさんじゃなくて。
　お母さん世代の…　でもあたしのママよりだいぶ若い、すごく綺麗な人が玄関から出て来た。
「ええ、あったかくなってくると調子いいみたいよ」
　後から出て来たのは———おばあちゃんだ。
　ああ、あまり変わってない。おっとりした雰囲気で、メガネをかけているカナタくんのおばあちゃん。
「音子さんが来ると機嫌いいしね。また来て頂戴」
　ねこさん？　猫、連れてる様子ないけど。

「来週も来るわ。今度は、カナタを連れてくる。

近くなったんだものね。昔すごくお世話になったんだし、いつでも呼びつけて力仕事でも何でもやらせてやって」
　あたしは息を呑(の)んだ。
　最初に出て来た女の人…　この人が、カナタくんのお母さんだ……!!
　お母さんは初めて見た。入院してたりしたせいか、図書館に来たのはいつもおばあちゃんで。
　カナタくんのお母さん、女優さんみたいに綺麗だ…
　病気はもう、すっかりよくなったのかな。

"来週も来るわ。今度は、カナタを連れてくる"
"近くなったんだものね"
　カナタくん、近くに住んでるの？
　来週、おばあちゃんの家に遊びに来るの？

　あたしはガタガタと足元が震えてくるのを感じた。
　どうしよう、震えが止まらない。口から心臓が飛び出しそう。
　カナタくんは、東京じゃなくてこの近くにいるんだ。

　ヨロヨロと壁に寄り掛かり、呼吸を整える。
　どうしよう、おばあちゃんに聞いた方がいいかな。
『あの、こんにちは！』…唐突(とうとつ)すぎる気がする。
　来週ここで張り込む？　ストーカーみたいだけど、チャンスだもん、張り込んじゃう??
　カナタくんが来るなら、あたし何時間でも待つけど。
　ただ、もしカナタくんに会えたらあたし、どうしたらいい？

『好きです！』『きみ、ダレ？』

109

———最悪だ。

　どうしよう。わかんない。どうしよう。

　結局、その日は一旦退却した。

　あたしがどうしようどうしよう、と頭を抱えて困っている間に、いつの間にかカナタくんのお母さんは消えていた。
　あたしの目の前をタクシーが通り過ぎていったので、多分あれに乗って帰ってしまったんだ。
　ああ、あのタクシーを追えば、カナタくんの住んでいる家がわかったのに!!
（でも無理。走って追うわけにもいかないし）

　会えたわけじゃないけど、大収穫だ。
　カナタくんが、今はこの近くに住んでいることがわかった。
　"絶対、会えるから"
　別れの時、そう言ってくれたのは…
　カナタくんは、東京に行ってもいずれ戻ってくるってわかっていたからなのかな？

　いつ戻ってきたんだろう。
　どこらへんの地区に戻って来たんだろう。
　カナタくんのママが、タクシーに乗って家に帰ったんだとすると…　おばあちゃんの家のすぐ近くではないってことかな。

　でも———まだ、会えていない。

近くに住んでいても、あたしはカナタくんを見つけられていない。
　"男の子は変わるからねえ"
　"どーせわかんないわよ。だから忘れなさい"
　ママが言ってみたいに、カナタくんとすれ違っても気付けなかったらどうしよう。

　ううん、あたしは絶対、気付くと思うんだ。
　カナタくんは気付いてくれなくても、あたしは気付ける。

　カナタくんは地元のどこかに住んでいるんだ。
　探さなくちゃ。カナタくんはあたしを忘れてしまって、だからこそ会いに来てくれないんだろうけど。
　あたしは憶えてる。だからあたしが探さなきゃ。

　そして出会うことができれば…
　カナタくんに、もう恋人がいても。
　すっかりあたしを忘れてしまっていても。
　好きになってくれる望みが全然ないとしても。

"もうちょっと、現実的になったら…？"

　あたしは、現実に出会える。
　古い恋に決着をつけることができる。

　もう、過去に縛られてちゃいけない気がするんだ…

111

第4章　初　恋

あなたがいなくなって
もう　ぜんぶ　おしまいかもしれないって
泣いてた日を憶えてる
窓を　霧雨が柔らかく濡(ぬ)らしていて
あたしは途方に暮れながら　膝(ひざ)を抱えてた

はじめて出会えたものだけを
母と信じる小鳥のように

あなたを失ったら　世界がしんと凍えて
時が止まる　と

夢見がちな子、卒業計画。

　カナタくんのおばあちゃんの家を見つけてから数日、あたしは考え込んでいた。

　ずっと運命を信じて、ずっと夢みたいなこと考えてたけど。
　あたしは、『夢見がちな子』を卒業しなきゃいけない。

　いつかカナタくんと運命的に再会する！
　だから出会いは求めない！…っていうんじゃなくて。
　ちゃんとカナタくんと現実的に再会する。
　そして卒業するんだ。

　あたしだってわかってるよ。
　再会したとしてね。
　カナタくんは素敵な男の子になっていると思う。
　きっとあたしは、今のカナタくんも好きになってしまう。
　あたし、別にイケメン好きではないから、ちょっとくらいブサメンでもいい…　というか、顔なんて気にしないし。
　性格はね、当時の優しいカナタくんを思い出せば、嫌なヤツになってるわけがないもの。

　———ここには、あたしの恐るべき勘違いがあって。
　後に振り返ると苦笑モノだったわけだけど…

　問題は、あたしだ。
　再会しても、カナタくんがあたしを好きになってくれるとは思えないよ。

"片思いのヤツがいるんだ？
　1時間も花びら追っかけまわすくらい好きなんだ？"
　ソータ先輩にまで言われちゃったっけ。
　痛いヤツだって言いたいんだろう。
　そう、自分でも、こんな自分が痛いことはわかってる。
　小学校低学年の頃の幼なじみに、いきなり追っかけまわされたら迷惑だと思う。
　ストーカーじゃん。
　カナタくんからすると、いい迷惑だ。

　でも、ちゃんと決着をつけたいんだ。
　決着をつけるためにカナタくんを探すのは、いいよね…？
　ちゃんと再会できて、諦(あきら)めがついたら。
　あたしちゃんと、しつこくしないで去るから…

　次の日曜日、カナタくんはお母さんと一緒に、おばあちゃんの家に来る筈(はず)。これって、千載一遇(せんざいいちぐう)のチャンスってやつ？
　あたしはカナタくんのおばあちゃんの家に行って、家の前で張り込もう。本人を見つけたら、話しかけよう。頑張る。

『あ〜〜〜‼︎　カナタくんでしょ⁉︎　あたし、ほのか。
　憶(おぼ)えてる？　ほら、昔図書館でよく会ったでしょ‼︎』
　ブツブツと口の中でシミュレーションしてみる。
　えーと、次は何て言ったらいいんだろう。
『カナタくん、今どこの高校に通ってるの??』
　そうだ。高校…

　今やっと思いついたけど、地元に住んでいるんだとしたら、

どこの高校に通ってるんだろう？
　小学校低学年にして、カナタくんは大人の本なんかも読んでいたのを憶えている。大変賢い子に見えたけど…
　地元では一応、うちの高校がトップ校なんだけど。
　もしかして、うちの高校にいる可能性高い!?
　校内ですれ違えば、あたし絶対気付くと思うんだけど…
　でも、うちの学校は人数多いし、ほとんどの上級生は見たことないもんなあ。

　カナタくんは1学年上だ。同じ学年の人の名前でさえ全員はわかんないのに、1学年上なんてわかんないよ。
　1学年上の人に聞いてみようか…
　ふとソータ先輩が思い浮かんで、あたしは頭をブルブル振った。あの人には聞いちゃダメだ。
　また意地悪なことを言われるに決まってる。
　しばらくあたしは自室のベッドに突っ伏して、頭を抱えて悩んでいた。
　不審者みたいに家の前で張り込まなくても、うちの高校で見つけ出せれば…

　ふと「莉果に相談してみよう」と思い立った。
　がばっと起き上がり、必死でスマホに文字を打ち込んでメッセージで送る。
『カナタくんがうちの地元に戻ってることがわかったの。
　どこの高校か、わかんないんだけど』

　莉果は即返で
『それ、すごい！　探してみようよ。

うちの高校にカナタくんがいるかもしれないね!」
…と言ってくれた。

　そして翌日のお昼休みは、またいつもの視聴覚室。
　周囲に聞かれたくない話ばかりになってきて、教室でお昼を食べることがなくなってゆく。
　高校生は悩みが多いよ…

「在校生全員の名簿なんていう便利なものがあればいいけどねえ。防犯上、そこらへんは厳しいみたいだね」
　莉果が真面目に考えてくれた。
「そっかー。…そうだよねえ」
「こそっと先生に聞いてみたんだけど…」
　莉果がコーヒー牛乳を一口飲んで。
「同じ学年全員の名前が書いてあるような冊子は、高2の修学旅行前にもらえるみたいね。でも今年の高2の修学旅行はまだ。
　あと、卒業アルバムに学年全員が載ってるくらい。
　学年の違う在学生の名前を知るのは、けっこう難しいね」

「そうか…。同じ学校に通ってる生徒の名前を知りたいだけなのにな… 案外わかんないものだね」
　ちょっと肩を落とす。
　1学年上の全教室に行って、いちいち聞いて回るわけにもいかないしなあ。

「でも任せて。もう金曜日には生徒会の顔合わせなの。
　生徒会室には名簿くらいあるんじゃないかなあ」
　莉果があたしを見てにっと笑った。

「うわ――――っ！　ありがとう‼」
　あたしは感激して、涙目になってしまった。
「さすが莉果！　すっごい行動力！　超尊敬‼」
「いや、まだ結果出してないし…。
　カナタくんが見つかったら、抹茶ババロア＆クリーム白玉あんみつ苺パフェ、ほうじ茶付き☆を奢ってくれてもいいけど」
「奢る奢る奢る‼」
（この、とても長くて組み合わせが不安な名前は、「カルボナーラ」の最高額メニューで、現物を見たことはない）

「じゃ、成功報酬はカルボナーラで。名簿探してみる！
　期待しすぎないで期待しててくれたまえ」
「お願いしますっ！」
　あたしは深々と頭を下げた。

　やっぱり、何時間も人の家の前で張り込むのは、なるべく避けたいもんね。
　その前に、学校でカナタくんが見つかるといいな…

「でもさ、最近ほのか、図書室行かないよね。図書委員の当番はないの？」
　莉果に不思議そうに聞かれて、曖昧に微笑む。
「ちょっと体調悪かったから、当番外してもらってたんだよね。今日は行くよ」

　図書室に行くと、ソータ先輩がいるし。
　あたしには意地悪なソータ先輩が、莉果には優しくて、2人

がなんだか親しそうなのがちょっとツラかったから…
　とは言えないけど。
「図書室、毎日ソータ先輩が来るよ。
　なんとなく、誰かを探してるように見えるんだよねえ。いないと帰っちゃうみたい。
　探してるの、ほのかだったりして」
　莉果がぽつりと言う。
「まさかあ。人間、生きてりゃストレスあるじゃん。
　ソータ先輩からすると、あたしってそこにあると殴りたくなる、サンドバッグ的な存在？」
　あたしは真面目に答えた。

「ソータ先輩、ほのかに好感持ってるように見えるけどな」
　莉果がちょっと淋しげに言った。
「ぜ———ったい、それはない。
　あたしにはいつも本当に意地悪なんだよ。莉果といる時はいつも優しいじゃん。
　歴然と差を付けられるとさ、空しくて嫌になっちゃうよ」
　あたしが力説してると、莉果が苦笑する。

　好きな子をイジメるっていうのは小学生で、大人になったら好きな子には優しくするものだよね。
　カナタくんみたいな、小学生時代から優しかった子は、きっと一生優しいんだろうなあ…

　———ここにも、あたしの恐るべき勘違いがあって。
　後に振り返ると笑うしかないんだけど…

「…カナタくん、見つかるといいね」
　優しく莉果が言ってくれた。
「うん…」
　あたしも静かに答えて。
「こんな風に言うと申し訳ないんだけど。
　多分ね、見つかっても、速攻振られちゃうと思うんだ」
「え。なんでっ？」
　莉果が驚愕してくれる。

「だってさ。多分あたしの、一方通行の片思いだし。
　地元に戻ってたのに、連絡くれたわけでもないし。
　絶対あたし、眼中にないっていうか、忘れられちゃってるっていうか…」
　それだけ言ってうつむくと、涙がこぼれそうになった。
　莉果は言葉が見つからない様子で、
「ほのか…」
とだけ言った。

「だからね、自分の気持ちに整理をつけたいんだよね。
　ちゃんと振られちゃえば、スッキリするんじゃないかなって。
　夢見がちな子を卒業するんだ！」
　あたしはキッパリ顔を上げた。

「あたしは、まだ期待してるよ。
　ほのかがカナタくんと運命の再会を果たして、付き合っちゃったり結婚しちゃったりするって…」
　莉果ってどこまでもロマンチストだなあ、と思う。
　いい子だ。あたしの幼い恋をバカにしない。優しい…

「…あはは、それ、無理…」
　視線を下げたら、涙がボロッとこぼれた。
「吹っ切るために、頑張るんだ。今はそう思ってる…」

　あたしはうつむいて。涙がボロボロこぼれて。
　莉果はそんなあたしをじっと見守ってくれていた。
　しばらく無言で、あたしは涙がこぼれるに任せていた。

「ほのか。きっとまだそんな気になれないだろうけど…
　昨日、あたし3組の高遠(たかとお)くんに呼び出されたの知ってる?」
　唐突(とうとつ)な言葉に驚く。
　莉果はモテるので、高校に入ってからもう何度か告られてる。
　昨日の放課後も、また別のクラスの男の子に呼び出されて、告られて断ってた…　と思っていた。高遠くんだったんだ。
「あれ、あたしが告られたんじゃないの。
　ほのかに彼氏がいるかどうか聞かれたんだ」
「あ、そ、そうなんだ…」
　すごいびっくりする。
　こんな美少女を呼び出しておいて、あたしの事聞く…?
「"ほのかに特定の彼氏はいないと思う。本人に伝える?"
　って聞いたら"必要ない、自分で告るから"って言われたの」
　あまりにも驚いて、椅子から落ちそうになる。

「高遠くんは、同じ中学だったの。
　すごくいい人で、あたし男の子苦手なのに、高遠くんとは普通に話せたっていうか…」
　ちょっと風変わりな男の子で。
　落ち着いてるっていうか、大人びてるっていうか。

趣味は陶芸で、ろくろを回すのが好きって聞いたような…

「もしカナタくんを吹っ切れたら———
　そういう人もいるってこと」
　莉果がにこっと笑った。
「あたし、生徒会頑張るよ。
　ソータ先輩の近くにいられるの、嬉しい。
　お互い頑張ろうね！」

　そういう人も、いる…
　いきなり言われても、そんな風にはとても思えないけど。
　高遠くんがどんなにいい人でも、付き合うとか、そんなことは考えられないけど。
　吹っ切れるのかな。いずれ吹っ切れる日も来るかな。

「あたしも、頑張る———」

　呟くように言いながら、あたしは思った。
　頑張るって、何を？
　カナタくんに再会することを？　吹っ切ることを？

　わかんない。でも、もう歩き出さなきゃいけない。
　春は終わって…　夏はすぐ来る。

　あたしはカナタくんを、必ず見つけ出すんだ…

「許可を求める気はない。」

　今日は水曜日。放課後は、久し振りに図書室。
　しばらく理由を付けて逃れていた図書委員も、そろそろ行かないとまずいので…

　莉果は先生に呼び出され、生徒会に入る前の打ち合わせに行ってしまった。いよいよあさってから正式に生徒会役員だ。
　図書室へ向かう道は、校庭がよく見える。
　野球部の掛け声が聞こえて、思わず立ち止まった。
　夏の甲子園へ向けて頑張ってるんだろうな。うちの高校は、出場には程遠いらしいけど。青春だなあ…
　高校に入ってから、長い時間が経ったような気がする。
　あたしも、ちゃんと歩き出さなきゃね。

　図書室は、この学校で一番古い別館の奥だ。
　廊下の電球は数が少なく薄暗い。節電かな？
（図書室の司書さんの口癖は「経費オーバーなのよ」なので、エコというよりも、電気代節約かもしれない）
　ぼーっと歩いていると、速足の足音が背後に響き渡り…
　誰かあたしを抜いて行くのかな？と思った瞬間、いきなり横から手が伸びてきて、右腕をガシッと掴まれた。
「え？　な、なにっ」
　腕を掴んでる人の背中しか見えない。誰だかサッパリわかんないけど、男子生徒。誰、この人。
　ぐいぐい引っ張られてゆく。まさか強盗恐喝⁉

　廊下途中の階段口を抜け、階段脇に引っ張りこまれる。
「き、きゃ、きゃ———…っ」

思わずパニックを起こして暴れたら「ちょ、ちょっと」とか慌(あわ)てたような声がして。
　背後に回られて、大きな手で口を塞(ふさ)がれた。声も出せない。
　何？　あたし、殺されちゃうの⁉
　さらにジタバタしていると、耳元で聞き慣れた声が響いた。
「なんで暴れるんだよ。暴漢じゃあるまいし」
　ソータ先輩だ。
　不良にカツアゲされるのかと思ったよ。
（てゆーか、この人こそ不良なんじゃないの⁉）

　あたしが脱力すると、やっと解放してくれて…
　ヨロけながら階段の手すりに寄り掛かる。ほっとする。
　…ほっとしたらムカついてきた。なんでこんな乱暴な。
「暴漢とどこが違うんですか‼」
「暴漢は暴漢。俺は俺」
　ダメだ、日本語通じない。
「一体何なんですか！　あたし、なんか悪いコトしました⁉」
「どうしてぜんぜん図書室に来ないんだよ」
「…」

　ぽーっとソータ先輩を見上げる。
　ソータ先輩が不機嫌な顔で、偉そうに見下ろしてくる。
（背の高い人って、素で偉そうだからイヤ‼）
「ここんとこ、全然来てなかっただろ？
　図書委員のくせに、職務怠慢じゃないのか？」
「しょ…　職務怠慢⁇」
　生徒会長って、委員全員の出席表をチェックして、サボってる生徒を見つけると凹(ボコ)るの？　そういうもの⁉

「別にあの、ちゃんと連絡して、休んでただけで」
「俺を避けてる？」
「———…っ」

　自意識過剰だ!!　と言いたいけど。
　…ちょっと図星だ。
　ソータ先輩が意地悪なことを言ってくるのは気にしないけど。
　莉果とはあたしと違って親しげにしているのを見ると、自分が邪魔な気がするし、取り残されたような気分になるんだ。
　だから、図書室になるべく行きたくなくて…
「別に、避けてるわけじゃ…」
　うつむいて、ぽつりと言う。

「おまえが図書室に来ないなら、俺も来ない」
　驚いて顔を上げる。
　ソータ先輩が真面目な顔であたしを見ている。
　何が言いたいのか、わからない。
「図書室に来いよ。せめて、避けるな」
　ぜんぜんわかんない。この人、何を言ってるの？
「意味が、あの、わかりません…」

　沈黙が降りてきた。
　重いのか、軽いのか。甘いのか、苦いのか。
　なんだかわかんない、不思議な色合いの沈黙だ。

　風のない日の湖のような、視界いっぱいに広がる深い青緑。
　そこに不意に何かが投げ込まれて———

水面に、幾重(いくえ)もの輪ができる。

「おまえが図書室にいるなら、俺も来る」
　言葉が耳を通過してゆく。
　意味がどうしても捉(とら)えられないんだ。

「おまえが全部忘れたとしても、俺は憶(おぼ)えてる。
　おまえに好きなヤツがいるとしても」
　ソータ先輩があたしをまっすぐ見ている。

「おまえが図書室に来るなら、俺も来るから」

　あたしが図書室に来るなら…　ソータ先輩も来る？
　心臓の音が激しく鳴り響きはじめる。足元が震える。
　頭の中が爆発しそうだ。
　ソータ先輩ってまさか、あたしのこと好き？
　…そんなことあるわけないか。
　じゃ、なんであたしが図書室に来ることとソータ先輩の行動が関係あるの??

　あたしはぼんやりうつむいて、額に手を当てた。
　この人、何が言いたいんだろう。意味がわかんない。

　気付くと、ソータ先輩が目前に迫ってる。ちょっと怖い。
　少し距離を置こうと、少しずつ後ずさりする。
　壁近くに辿(たど)り着いたあたりで、ドン！　…とやられた。
　びく────っ!!とする。ソータ先輩が壁に片手を突いたんだ。
　女子の憧(あこが)れ『壁ドン』────現実にやられると怖いよこれ!!

ソータ先輩が、超不機嫌な顔で目の前に迫り来る。
　腕と壁に挟（はさ）まれ、前はソータ先輩。
　どこにも逃げ場がない!!
「あ、あの。怒んないでください。
　何かあたし、悪いコトしてたらごめんなさい…」
　震えが止まらない。口の中でガチガチ音がしてる…

「何を謝ってるのか、ワケわかんね」
　ソータ先輩が、はあと溜め息をついた。
「あ、あ、あたし、あの…」
　とりあえず、この場を逃げ出したい。
　この恐ろしく気まずい状態、どうしたらいいの？
　わかんない!!

　アワアワしているあたしの前で、ソータ先輩が少しかがんだ。
あたしの額に額がくっつきそうなくらい近付いてきて…

「キスしていい？」

　あたしは完全にフリーズした。
　何を言われてるのか。
　なんでキスなんて単語が出てくるのか……!!

　そんなの、ダメに決まってるじゃないですかっ！
　…という言葉は、ついに発することができなかった。
　ソータ先輩の右手が、あたしの顎（あご）を素早く持ち上げて。
　次の瞬間、あたしの唇は塞がれていた。

───ほんの10秒の猶予もなく。

　時が止まったように感じた。
　ときめきも胸の痛みも恐怖も切なさもすべて、消えて。
　世界が、空白になった。

　唇が離された時、クラリと世界が回って…
　あ、あたし息してなかった、と気付いた。
　足元がフラついて倒れそうになる身体を、ソータ先輩が引き寄せて抱きしめた。
　言葉が出てこない。自分の置かれた状況が理解できない。
　しばらくあたしは呆然と腕の中にいて…
「…どうして、あの」
　やっと言葉が少し、出てきた。
　ソータ先輩は黙ってる。抱き締められていると顔は見えない。
　ドキドキして頭が破裂しそうだ。
「返事してないのに」
「…」
「あたし、キスしていいって言ってない…」
　ポロッと涙がこぼれた。
　それが合図みたいに、ボロボロ涙が止まらなくなった。

「別に、おまえに許可を求める気はない」
「はぁ!?」
「いきなりしたら可哀相かなと思って。一応予告しただけ」
　唖然として涙が止まってしまった。この人は一体、何なの!?
　なんかもう、とてつもなく酷くないですか!?

127

逃げなきゃ、と思うのに身体に力が入らない。
　背中に回った腕に強く抱きしめられ、顔はソータ先輩の胸に押し付けられている。
　ドキドキして胸が苦しくて気が遠くなりそうで…
　いつまでもこのまま抱き締められていたい———と一瞬思ってしまって、ぎゅっと目をつぶる。

　ダメだ、そんなの思う壺(つぼ)だ。
　ソータ先輩って、多分とんでもないセクハラ男なんだ。
　不良だ。女の敵だ。

「おまえ、キス何度目？」
　上から声が響いて、ソータ先輩の身体で反響するのを感じる。
　あたしを抱き締める手は緩(ゆる)まない。
「…」
　まさかこの人、女の子のファーストキスを何人奪ったとか、数えてる人なの!?
　悔しい。ぶん殴ってやりたい！って思うのに。
　まるで力が入らなくて、涙が滲(にじ)む。
「2度目です！」
　あたしは腕の中で言いながら、誇らしい気持ちになった。
　ファーストキスはカナタくんだ。
　ああ本当に、あの時カナタくんがキスしてくれてよかった。

　ソータ先輩があたしの肩を掴んで、そっと身体を離した。
　離される瞬間、ツラく切ない気持ちに襲われた。
　もっと抱き締められていたかったんだ。
　あたし怒ってる。怒ってるのに…

どうしても、ドキドキが止まらなくて———

「よし」
 ソータ先輩があたしの両肩を掴んだまま小さく言った。
 落ち着いた目であたしを見ている。
「よし…？」
 よしって、何が？
「あの、それどういう意味…」
 ソータ先輩は答えず、あたしをそっと離して優しく微笑んだ。

「図書室、来いよ」
 散々人を振り回しておいて。
 無駄に爽やかに、笑って。
 ヒドイ。なんかヒドイ。
 あたしはうまく言えない雑多な感情にまみれて、頭の中がぐるぐるだ。

 ソータ先輩は片手を上げて、行ってしまった。

 胸をぎゅっと掴まれるような切なさを抱えて…
 困り果てたあたしを、置き去りにして。

成瀬莉果、生徒会室に行く。

男の子って、大概(たいがい)、ウザい。

バカだし、女を見た目でしか判断しないし、気遣いが足りないよね。

あたしはいつまで経(た)っても「告られる」ことに慣れない。

呼び出されて、顔と名前が一致しないような男の子が、目の前でもじもじしている。

照れなのか、俺様を気取っているのか、告りながらいきなり横柄になる勘違いくんもいる。

ろくに話をしたこともないのに「君が好き」「付き合え」って？意味わかんないわよ。

告られると舞い上がって、迫られれば簡単に落ちるような女とは、あたしは違う。

あたしが好きになるのは。

尊敬できる、素敵な、とびきりの男の子―――

生徒会室は、本館の最上階。教員室から離れていて、先生が部屋に入ることは一切ないんだそう。

生徒の自主性を尊ぶ―――これは、校風ね。

一定の偏差値と長年の伝統あっての自由な雰囲気を、卒業生たちはいたく愛しているのだとか。

地元のお偉方は皆、この高校の出身だもんね。

さて、いよいよ生徒会。

ソータ先輩に近づけるチャンス。

　今朝、ほのかの様子がおかしかったのよね。
　何か言いたそうで、頭の中がぐるぐるしているのがわかった。
　ほのかは思っていることが全部顔に出る正直者で…
　そこがあの子のいいところなんだけど。

　ソータ先輩に関係することだろうか。
　ほのかはカナタくんを忘れられないといっても…
　やたら絡んでくるソータ先輩のことは、どうしても気になるみたいだから。

　ソータ先輩は、明らかにほのかを気にしている。
　図書室でもほのかを探し、ほのかを見つけ出すと話し掛け、目的を果たすと去っていくように見える。
　ほのかのことを好き───なのかどうかは、わからない。
好き、とは違う何かではないかな。
　好きならただ、ストレートに告ればいいだけの話だから。
　彼はほのかをからかいながら、イジリ倒しながら、何か別の目的を持っている。
　何だろう、目的は。見当もつかない。
　そのことだけは、少し気になるのだけど。

　あたしはソータ先輩が好き。
　彼にはあたしと同じ匂いがする。
　やっと出会えた運命の人だと、信じる…

　生徒会室のドアを開けると、書記のミノルくんがいた。

身長は男子で一番小さい方で、あたしよりも少し低い。
　体格も華奢(きゃしゃ)で、色白で。
　顔は幼い雰囲気。「童顔」というより、「ロリータフェイス」だ。つまり、女の子みたい。
　容貌も仕草も可愛すぎるので、最近は下級生である新入生たちまで、「ミノルくん」って呼んでる。

　生徒会室は、元は面談室として設置されたような狭い部屋だ。
　部屋の中央は３つの机で埋まり、机上は書類で埋まっている。
　そして室内は、片面１面が本棚。書類だらけ。

「新しい人ですね。いやー、嬉(うれ)しいです」
　ミノルくんがにこっと笑った。天使の笑顔だ。
「人が足りなくていつも困ってるから。つい最近、会計やってた子にも辞められちゃって、今、実質たった２人なんだ。
　うちの学校、文化祭実行委員もいないでしょ。
　全部生徒会管轄(かんかつ)なんですよね…」
　書類をバサバサと重ねて、机の端に置く。
　大量の書類で埋め尽くされ、全然机の色が見えない。

「１年の成瀬莉果です。よろしくお願いします」
　あたしは深々と頭を下げた。
「僕は２年の楠(くすのき)実(みのる)です。こう書くの」
　ミノルくんは、わざわざ手元の書類の端に大きく２文字を書いてくれた。
「２文字でコンパクトでしょ。名は体(たい)を表す」
　にこっと笑う。

ミノルくんは書類をトントン重ねて積み上げながら、気さくな雰囲気で話し続ける。
「君もソータくん目当てかもしれないけどさ。
　いや、いいんだよ目的はどうでも。君、ハキハキしてて仕事してくれそうだしさ。
　でも残念ながら、ソータくんここにはあまり来ないんだよ。
　仕事はこなしてくれるんだけどね、生徒会室に来なくても家でできるだろっていうのが、彼の言い分」

　ソータ先輩は、ここにあまり来ないんだ。
　やはりその言葉には、どうしても失望してしまって…
　顔に少し出てしまったみたいだ。

「あーあ。ガッカリさせちゃった。
　そうなんだよ、それを知ると、女子みんな辞めちゃうんだよねえ。ふう、でも僕も嘘はつけない損な性分でさ…」
　肩をすくめる様子が、妙にカワイイ。
　愛らしい小動物のようだ。
「あの、あたし仕事頑張りますので」
　あたしが精一杯にっこりして言うと、ミノルくんが頬を染めて微笑んでくれた（かわいい…）。

「よかった。辞めないでくれるといいな。
　顔合わせのためにも、今日は来てよねって頼んどいたから、これからソータくん来ると思うよ」
　今日は、来るんだ…
　やっぱり、会えると思うと嬉しい。

「いきなりで悪いけど、このへんの書類整理手伝ってくれる？
　この学校、生徒の自主性尊重とか言って、普通は先生がやってくれることまで生徒会管轄だったりするからさあ。
　書類ばっかだよ。あーいやんなるよ…」
　ミノルくんが書類の束を手渡してくれる。
「えーと、分類するんですか」
「うん。昨年度の書類を集めて処理済みホルダーに入れて…
　今年のは６月の文化祭で使うものが多いから、このあたりに集めてね」

　ミノルくんの言う通りに、書類を集めてゆく。
　文化祭で使う道具類を貸し出す業者のパンフレットに、ふせんがペタペタ貼られている。金額交渉が書かれているようだ。
　出入りの業者さんとのやり取りまで、生徒会に丸投げしてるの？　この学校、先生は何をやってるんだろう…
（※授業をやってます）

　ほのかのために、２年生の名簿を探してあげたかったけど。
　こんなに書類が散乱していたら、とりあえず片付けなきゃ、名簿探しに取り掛かれないよ。

　委員会の議事録も、生徒会名でレターに残しているようだ。
　右上に、生徒会役員の名前が並んでる。
　生徒会長、副会長がいなくて、書記、会計…

　あたしは、ふと…
　気付いてしまったことがあった。

「ミノル先輩。ソータ先輩って…」
　手が震える。
　気のせいかな。勘違いだろうか。でも。

　生徒会長　中岡奏太―――

　奏太。奏でるの奏。カナタ、と読める。
　書類を見つめて呆然としているあたしに…

「カナタ、だよ」

　後ろから声がかかった。
　恐る恐る振り向くと、ドアのところにソータ先輩がいた。

「ソータ先輩の名前って、カナタとも読めるんですね」
　声が震えないように、ぎゅっと喉の奥に力を入れる。
「カナタが本名。俺の親父の名前が『ソウ』って言うんだよ。
　昔この学校で生徒会長やってた。有名人だったみたいで…」
　ソータ先輩が生徒会室に入ってきて、あたしの横に立った。

「入学前に、漢字を見てソウの息子のソウタが入ってくると思われてさ。古い先生にソータソータって呼ばれて」
　ソータ先輩が、鋭い視線をあたしに向けた。目が合って…
　ゾクッ、とする。この射抜くような目線が、この人にとっては自然なんだろう。

「割とすぐ生徒会に入っちまったから、ソータが広まって。
　いちいち訂正するのも面倒で、あだ名だと思って放置してる。

何か質問ある?」
　ニコ、と口元だけで笑う。端正な顔立ちだ。
　親切な、生徒会長の顔。

　ソータ先輩は、カナタくんだったんだ———

　ほのかは、気付いていない。
　ソータ先輩とカナタくんが同一人物なんて想像もしてない。
　でもソータ先輩は、ほのかに気付いているんだ。
　だからこそ、ほのかに絡んでいくんだ。

「ソータ先輩って、中学どこなんですか?」
　なるべく、自然を装って聞く。
　あたしがほのかから、カナタくんについて聞いていることなんて、おくびにも出さずに。
「南中。でも中2まで、東京の中学。
　親父が東京の病院を辞めて、こっちを継ぐので戻ってきた」

　ほのかは、『カナタくんのお母さんはしばらく入院していて、お父さんはいない子で』と言っていた。
　父親と離婚か、死別の家庭だと思い込んでるみたいだった。
　それは勘違いで、『蒼山』はおばあちゃんの家の表札で…
　お母さんの旧姓が蒼山だとすると、つじつまが合う。お父さんとは病気のせいで別居していただけなんだろう。

　この人は知っているの?
　ほのかは、カナタくんを忘れたわけじゃないってこと。
　カナタくんを必死で探しているってこと。

「生徒会役員は、面倒なばかりで報われることが少ないよ。
　メリットと言えば、生徒会室が自由に使えることくらい」
　ソータ先輩が苦笑しながら言った。
「毎日図書室に行くのに…　ここにはなかなか来ないんですね。
　せっかくの数少ないメリットなのに」
　あたしがぽつりと言う。
　…皮肉に聞こえないように、しなければ。

「図書室はここと違って広くて、本も借りられる」
「ソータ先輩、あまり本借りないじゃないですか。ただ、図書室に行くだけで…」
　ほのかに会いに行くだけで―――

　どうしよう。
　胸に、毒々しい色のポスターカラーがぶちまけられたようだ。

　ほのかは、カナタくんが近くにいることを知らない。
　そして、カナタくんを吹っ切ろうとしている。

　今、2人は行き違っていて…
　行き違いに気付いているのは、あたしだけなの？

　でも…
　その時、世界が回った気がした。
　大きなショックを受けると、人はどうして立っていられなくなるんだろう。

フラついたあたしを…
「おい、大丈夫か」
　ソータ先輩が二の腕を掴み、支えてくれる。

「大丈夫、です…」

　でも、すき───

会えたらきっと、吹っ切れる。
　土曜日の午後は、友達と沢山(たくさん)話せる１週間で一番楽しい時間だ。
　昼休みは短すぎて話し切れないことがたくさん。短いメッセージのやり取りじゃ伝わらないこともたくさん。
　土曜日に心の中にあることを全部話して、やっと１週間が終わる、そんな感じ。

　頭の中、ごちゃごちゃになっちゃった時は、友達に話すのが一番だと思ってる。
　嫌いだった筈(はず)の人が、気になってたまらない、とか。
　あのキスの意味は何だろう、とか。
　あの人がどうしても頭の中から消えてくれないんだ、とか。

　言いたい。あたしこれでいいの？って聞きたい。
　大事な友達に、大丈夫だよって笑って欲しいんだ。
　そしたらあたし、ホントにホントにほっとするから。
　でも、あたしの「気になってたまらない人」は、友達の好きな人。あたしは、友達の恋を応援している立場。

　ソータ先輩の言葉も、キスも、あたしにとっては難解なミステリーみたいで決して解けそうにないけど。
　莉果を裏切ったつもりはない。たぶんあれは、気まぐれの、意味のないキスだ。でも…　言えない。

　どうしたらいいのか、わからない———

　あたしと莉果は、いつもの視聴覚室でお弁当を広げていた。

今日は２人ともパンだ。朝、それぞれに買ってきた別のお店の商品だけど、メロンパンがかぶってる。
　とりあえず、自分の思考を必死で、『キス事件以前』に戻そう、と思ってみる。

　今あたしは、頭の中がソータ先輩でいっぱいだ。
　あたし、木曜日の放課後が来る前は何を考えていたっけ？

「あの…　生徒会、どうだった？」
　さりげない調子で聞いてしまって…　すぐ後悔した。
　生徒会にはソータ先輩がいるんだった。

「んー……ふつう、てゆーか。書類が沢山積まれてて…」
　心なしか、莉果は上の空な様子。
「なんだか忙しくなりそう。一緒にお昼食べられない日もあるかも。ごめんね」
　あたしの方を見ないで、素早く言う。なんとなくいつもより素っ気ない気がして…
「そうなんだ…」

　莉果は、さっきからあたしに何か言いたそう。
　チラチラあたしを見て、一瞬何かを言いかけて、やめる。
　ちょっと気まずい沈黙の中、あたしたちはそれぞれにパンを口に運んでいた。
　…味がしないや。

　そして、唐突に。
「あのね、名簿。探したけど、見つからなかったの。ごめん」

莉果がパンに殆(ほとん)ど手をつけないまま、申し訳なさそうに言った。

　そう言えば、２年生の名簿にカナタくんがいるかどうか調べてもらうように頼んだんだっけ…
　自分がすっかり忘れてたことに衝撃を受ける。
　ああ、莉果の様子がおかしいのは、名簿が見つからなかったことに責任を感じてたのか。
　無理なお願いなんだから、悪いと思うことないのに。
「そんなのしょうがないよ。今、個人情報の扱いが厳しくなってるし。気にしてくれてありがと」

「日曜日、ほのかは…　カナタくんに会いに行くの？」
　莉果が、気まずそうに言った。
　名簿が手に入らなかったからって、そんなに気にすることないのになあ。

「う、…うん。そうだね」
　すっかり忘れていたけど、カナタくんのおばあちゃんの家に行って、できればカナタくんに再会して…
　そして吹っ切らなくては。そう思う。

　ソータ先輩に振り回されてちゃ、ダメだ。
　たぶんあの人、キス魔というか、セクハラ男というか、そういうのだと思う。
　見た目不良だし、女の子にモテるし、好きでもない女の子にキスくらい平気でしてしまう悪いヤツなんだ。
　気にしちゃいけない。そう思う。

"おまえが図書室に来るなら、俺も来るから"

 どういう意味なのか、わかんない。
 あたしよりよっぽど、莉果との方が親しげなのに。
 そして莉果はソータ先輩のことが好きで、お似合いなのだし。
 つまり…
 ソータ先輩は、好きになってはいけない人―――

「会えるといいね！」
 不自然なほど強く莉果が言って、あたしは驚いて振り向いた。
「あ、会えるかな…」
「きっと会えるよ。だって、来週来るって言ってたんでしょ？
 頑張って！　きっとすごく素敵な人に成長してるんじゃないかな？」
「う、うん…」
 どうしよう。なんだか気が進まない。
 ずっとずっとカナタくんが好きだったのに。忘れられずにいたのに。今、頭の中がソータ先輩でいっぱいで。

 あたしは頭をぶるぶるっと振った。
 ホント、ソータ先輩は酷いよ。あんな風にキスされて、気にならない女の子なんていない。
 気まぐれで女の子にキスなんかしちゃいけない。
「会いに、行った方がいい、かな…」
 あたしがうつむいたまま、ぼそっと言うと。
「行くべきだよ!!」
 莉果が力強く言った。なんだか勢いがスゴイ。

「ほのかがカナタくんと会えたら————」

　莉果がしん、と黙ってしまった。あたしはしばらく続きを待って…　ぜんぜん続かないので、思わず促した。
「あたしが、カナタくんと会えたら…？」
　莉果は、弄ぶようにパンをちぎって、でも口にすることなく手元を見つめている。
「なんとなく、あたしも色々吹っ切れるっていうか。
　うまく言えないけど、うん。ほのかには頑張って欲しい…」

　色々吹っ切れる……？
　よくわかんないけど、あたしが頑張ると、莉果も力づけられるってことかなあ。
「うん、頑張るよ」

　そうだよね。ずっとカナタくんのことばかり考えてたんだから、ちゃんと吹っ切らなきゃいけないよね。
　これで再会してハッピーエンドなんて、そんなこと信じるほど能天気じゃないけど。
　せっかくカナタくんと再会できるチャンスなのに、これを逃したら、きっとこれから…　ずっと引きずってしまう。

「頑張って…」

　莉果の言葉が、いつになく弱々しく…　泣きそうに見えた。

第5章 「あなたが好きです」

一本の線に導かれるように
目を閉じた
いろんなあやふやな想いにごまかされて
めまぐるしい　日常の雑踏の中で
どこに消えたのか　消えたことさえ知らずに
日々を重ねていた

もう迷わない　目を閉じて　顔を上げて
世界とkissする

しっかりと　大地を踏みしめて
歩き出す　あなたはそこにいますか

あなたが好きです

でも、友達。
　あたしって、バカだ。
　そんなことわかってるつもりだったけど、現実に直面すると呆(あき)れちゃう。途方に暮れちゃう。

　次の日、日曜日はいい天気で———
　あたしは頑張って自転車で図書館へ向かった。
　歩くとかなり遠いけど、自転車なら大した距離でもない。
　先週と同じように、図書館の駐輪場に自転車を停めて。
　さて、カナタくんのおばあちゃんの家に行こう！
　…と、思ったのに。

　そういえば、あたしの方向音痴は半端なかった。
　そもそも、先週も散々迷った末に、偶然見つかったんだよね。
　同じように行こうにも、どう迷ったんだっけ……？

　あたしは小さい頃、ショッピングモールで迷子になって、館内放送で呼び出された経験が何度もあるタイプだ。
　あとさ、デパート等のトイレに行くでしょ。入り口を入って、用を済ませて、手を洗ってトイレを出ようとして…
　何故(なぜ)か出口と間違えて用具入れを開けてしまうことは、多い。
　初めて行ったトイレだと、10回中3回くらいやる。

　入ったばかりの高校も、なんせ入ったばかりなので。
　朝、バスを降りたら真剣にどっちへ行けば着くかわかんなくなって。
　うちの学校の誰かが通りがかるのを待って、そっとついて行ったことは何度も。

ちなみに、生まれてから1度も引っ越してないのに、未だに自宅近くでたまに迷子になります。

　あたしは右も左もわからなくなり、途方に暮れて天を仰いだ。
　1度（迷いながら）行けたからって、なんで再現できると思ったんだろう。あたしなのに。
　でもさ。図書館から5～6分の場所で、1度は行けた場所なんだから…　いくらなんでも行き着けるよね？

　…と思いながら、あたしは頑張って探した。

　でも歩けども歩けども、見覚えがあるところに行き着かない。
　どこがどう繋がってるやら、サッパリわかんない。
　先週、カナタくんのおばあちゃんの家から図書館に帰れたのも、今思えば奇跡的だ。

　2時間くらい探し続けただろうか。
　あたしは「あ！　ここ見覚えある！」と思って顔を上げて…
　よく見ると、出発点の図書館だったのでガックリきていた。
　もう足もクタクタだ。

　でも…　あたしはどこかで、ほっとしていた。
　カナタくんに会って、吹っ切りたい。心からそう思うけど…
　会うのが怖くてたまらないんだ。
　きっと、すぐさま振られちゃうと思う。あたしのことなんか忘れてるだろうし、『君、ダレ？』って感じだと思う。
　でも、万が一。
『わざわざ訪ねてきてくれたの？　僕、今彼女いないんだ。

じゃ、付き合ってみる？』なんてことになったら———
　あたし、どうしたらいいんだろう。

　そんなことあり得ないかもしれない。ウヌボレすぎだ。
　でも長い時間が経って、今のカナタくんをあたしは知らない。
　自然に再会して、少しずつ仲良くなれるならいいけど…
　いきなり訪ねていくのはいけないことのような気がする。
　さすがに、偶然を装うのは無理があるもの。

　変わってしまっているかも。別人になってるかも。
　そして「今」のカナタくんを、あたしは好きなのかどうか、わからないのだから。
"おまえが図書室に来るなら、俺も来るから"
"キスしていい？"
　どうしてソータ先輩のことなんか思い出してしまうんだろう。
　意地悪で、優しくなくて、セクハラ男で、不良で。
　友達の好きな人で———

　あたしは図書館入り口前の階段のそばでうつむきながら、レンガの塀に軽く寄り掛かった。
　その前を車が通り過ぎてゆく。…タクシーが。

　もう、帰ろう。
　多分、行くべきじゃないって神様が言ってるんじゃないかな。
（方向音痴で行き着けなかった時はこう考えることにしてる）

　あたし…
　ソータ先輩のことが、好きになりかけているのかも。

好きっていう気持ちから、逃げてるんだろうな。
叶(かな)いそうにないから。
大事な友達を裏切りたくないから。
臆病だから。卑怯(ひきょう)だから。傷つきたくないから…

明日からどうすればいいのか、わかんない。
でも、カナタくんに会えたとしても、何を言っていいのかわかんないよ。もうカナタくんは遠くなりすぎてしまった。

涙が溢(あふ)れてくる。
"おまえが図書室に来るなら、俺も来るから"

図書室に行こう。
友達と好きな人の仲よさそうな場面を見て、傷ついて。
好きな人の意地悪な言葉に打ちひしがれて…
それでも、図書室に行こう。
多分あたしは、いつの間にか卒業していたんだ。
カナタくんから。

そしてあたしは、逃げちゃいけないんだ———

―――――――
―――――
―――
…

「会えなかったの…?」

月曜日のお昼休み。
　短いメッセージやメールじゃ、どうにも伝えられそうになくて、結局いつもの視聴覚室での打ち明け話だ。
　莉果が、複雑な表情であたしを見てる。
　ガッカリしたような、ほっとしたような顔に見える。

「うん。頑張って探したんだけど、家が見つかんなくて。
　で、道に迷ってるうちになんだか…」
「なんだか…？」
「あー、もういいやって気が済んじゃった。
　あたしもう、カナタくんと会えなくてもいいかもしれない。
　会えたとしてもさ。『好きです！』って言ったら嘘になる気がするしさ…
　だからって『たまたま通りがかったの！』なんて変すぎるし」

　莉果があたしを見て、溜め息をついて、横を向いて…
　横を向いたまま、ぽそっと言った。
「もう、カナタくんに会えなくてもいいんだ…？」
　あたしはどこかスッキリした気分で、おにぎりなんかパクパク食べちゃって。
「うん。もういい。
　きっとカナタくんは変わっちゃったと思うし…
　もし、どこかで偶然会えたとしても、初めて会ったようなものだと思うんだ。お互いぜんぜん気付かなかったりして！」
　あたしは苦笑して…
　カフェオレをストローで飲みながら、「今日も図書室行こう」なんて考えていた。

「今朝、生徒会室行って… ２年生の名簿、見つけたの」
　莉果がうつむいたまま、静かに言った。
　暗い感じ… ああ、あたしをガッカリさせたくないと思ってるんだろうな。きっと悪い情報なんだ。
「カナタくんの名前、なかったんでしょ」
　あたしはなるべく明るく言った。
　この学校にカナタくんはいないんだろう。世の中、そううまくはいかないよ。莉果が気にすることないのに。
「蒼山って名前、なかった…」
　莉果の言葉があまりにも暗くて、あたしは苦笑してしまった。
「やだー、気にしないでー。いなくて当然だって！
　カナタくん、どこの高校に行ってるのかなあ？」

　案外、思いっきり体育会系に育ってたりして。
　それこそアイスホッケーやってたり、山登りしてたり。
　小４の頃までしか知らないのに、読書好きのインドア派…とかなんとか、妄想膨らませてるのって痛いよね。

　莉果の顔色があまりにも青ざめて見える。
　あたしは困ってしまった。
　名簿にカナタくんがいなかったからって、莉果のせいじゃないのに…

「ごめん！　あたしのことばっかりで。
　莉果はその後、どう？　ソータ先輩と進展あった？」
　なるべく明るく聞いてみる。
　するとますます、莉果が苦しげな表情になった。

「ううん、ぜんぜん…
　ソータ先輩、生徒会室にあまり来ないみたい」
「まだ始まったばかりだもんね。これからだよ、これから！」
　浮かない顔の莉果を、励ましたい。

　ぎゅっと胸が痛む。
　好きな人を想う痛みも、届かない痛みも、卒業する痛みも。
　ぜんぶ混ぜて「青春」って名付けたアルバムに綴じるしかない。笑いながら。笑い転げて涙をこぼしながら。

　きっとあたしは、この気持ちを抱えながら行くんだろう。
　同じ人を好きになっても、友達だよ。

　トライアングルじゃなくて。
　きっとあたしだけが外れたところで、友達の恋を見守るだけなんだろうけど。

　莉果はソータ先輩が好きで。
　あたしも、ソータ先輩が好きになりかけていて。

　でも、友達———

それでも、好き。
　一見平和な日々は過ぎて、もうすぐ中間テストだ。
　5時間目はいつも、だるい。
　現国なんて特に眠いけど、授業で先生が言ったことが試験に丸ごと出るらしいから、必死でノートを取って…

　やっと休み時間。
　机に突っ伏していると、初音ちゃんに背中を揺すられた。
「やっぱ確定って感じー？　ソータ先輩と、成瀬莉果」
　これを初音ちゃんに聞かれるのも、もう5回目くらい。
　図書室に行くと、ソータ先輩と莉果の話し込む姿が、定番風景になってしまってるしね。
　莉果が生徒会に入ったことで、噂話はヒートアップするばかり。莉果と仲のいいあたしにまで聞こえてくるから重症だ。
　それこそ肉食とか、狙いを外さない猛獣とか（ひー）
　噂は、学校中に広がっているようで…

　でも莉果は、ファンクラブ設立の噂も立つほどの美少女だからなあ。噂も、反発より納得の色が濃い。
　本当に美少女ってスゴイよね。
「あの子なら仕方がない」という諦めの突風が吹くんだ。
　びゅん！　…と。そして風が行き過ぎると、皆納得している。

「確定だよ、確定。もう付き合ってるって」
　初音ちゃんの後ろから、情報通の美菜ちゃんが顔を出した。
　もう付き合ってる…？
　あたしは呆然としてしまって、手に持っていたペンケースを机から落としてしまった。

バラバラに散らばった筆記具を必死で拾い集めていると、2人の会話が聞こえてくる。
「マジ？　いつから??」
「最近じゃね。付き合ってるって本人に聞いた人いるって」
「ついに！って感じ？　成瀬莉果みたいな子に積極的に来られたら、どんな男でも落ちるよね。あーあ」

　あたし、聞いてない———
　無音になってしまった世界で、自分の心臓の音だけがドクンドクンと鳴り響く。
　噂が間違い？
　それとも、莉果があたしに言い出せなかったのかな…

　周囲に人がいて、とても聞けない。微妙すぎてメッセージで送ることもできないまま、放課後。
　今日はひとりで図書室に向かう。
　莉果は「生徒会室に寄ってから行くね！」だそうで…

　心のどこかで、ソータ先輩の言葉が引っかかっていて。
"おまえが図書室に来るなら、俺も来るから"
　もしかしたら、『あたしが来れば友達の莉果も一緒について来るから、莉果を連れて図書室に来てくれ！』
　…って意味だったのかもしれないけど。

"おまえが全部忘れたとしても、俺は憶えてる。
　おまえに好きなヤツがいるとしても"
　あたしをまっすぐ見て、ソータ先輩が言っていた。
　意味不明すぎて、今も謎なんだけど。

153

あたしが忘れたとしても、ソータ先輩は憶えてる？
　あたしに好きな人がいても… ってどういうことだろう。
　頭をブルブルッと振る。
　あたしって、頭の中まで方向音痴だからいけない。
　ソータ先輩が好きなのは莉果なんだし、２人は公認の恋人同士になりつつあるんだし。
　深く考えてもしょうがないのかもしれない。

「これ、借りたいんですけど」
　声が降ってきて、びくっとする。
　貸し出し係をしているのに、ついつい考え事をしてた。
　慌てて図書カードと本を受け取って、パタパタと作業を…
「廣田さん。俺のことおぼえてる？」
　顔を上げて、驚いて手が止まる。
　細身で、メガネかけてて、鷹揚とした雰囲気の。
「た、高遠くん…」

　あたしは思わず、本を机に取り落とした。
　拾おうとしたら図書カードを落とし、アワアワしながらPC画面を見て、マウスを持つ手がつるつる滑り…
「成瀬さんに聞いたんでしょ。あーあ、俺が言うって言ったのになあ。ま、しょーがないけど」
「ご、ごごめんなさい。全然あの、驚いたわけじゃなくて」
「そんなに動揺しながら言われても」
　高遠くんが苦笑している。

　莉果の言葉が蘇ってくる。

"3組の高遠くんに呼び出されたの知ってる？"
"『本人に伝える？』って聞いたら『必要ない、自分で告るから』って言われたの"

　高遠くん、中学の頃はあたしのことなんか興味なさそうに見えたけどなあ。いつも飄々(ひょうひょう)として。
　本当に高遠くん、あたしに告るなんて言ったの？
　いや、あれから何日も経ってるし、気が変わったのでは。
　てゆーか、そもそも冗談なんじゃないの？

「あの、莉果には何も聞いてない…っていうか」
　わざとらしすぎる、と自分でも思って困り果てる。
「…ちょっと聞いたけど、聞き間違いかも。
　高遠くんもきっと、冗談だったんだと思うし、あの」
「冗談で言うかよ。傷つくなあ」

　そっと高遠くんを見ると、笑顔だ。
　もしかして…　傷つけちゃった？
「ごめん、なさい…」
「謝らなくていいよ。廣田さんって変わらないね。
　いつも自信なさそうにしててさ。中学の頃、告っても本気にしてくれないって噂になってたよ」
「…」
「必殺"冗談だよね？"で爆死した男、多数でさ。
　だから俺は様子見てたんだけど、卒業しちゃった」
　にこっと笑う。
　…思わずあたしも、「はは…」と笑い返した。

その時、図書室の入り口のドアが開いて…
ソータ先輩が顔を出したのがわかった。
一瞬、心臓がドキン…　とした。
あたしの方を見るソータ先輩と目が合って———

「今度遊びに行かない？　中間テストの終わった後にでも」
　高遠くんが話し続けている。
　すると高遠くんの向こう、ソータ先輩がこっちに向かって来るのが見えた。なんで？
　ソータ先輩は、すぐ高遠くんの後ろにやってきて、
「おまえ今週は当番？」
　とか、どうでもいいことを聞いてくる。

　あたしが人と話してるのに、わざわざやって来て割り込むのって、傍若無人過ぎる。
　でも、高遠くんに遊びに誘われても、どう返事していいかわかんないので、少し助かったかもしれない。
「あ、当番なんです。ソータ先輩はこの後生徒会ですか？」
　答えているうちに、ドギマギしてきた。
　どうしても、キスされた瞬間を思い出してしまって。

　あたしの目線を追うように、高遠くんが振り向いた。
　ソータ先輩も値踏みするように高遠くんをジロッと見た。
「これが、アイスホッケー？」
　ソータ先輩の無遠慮な言葉に、耳を疑う。
「い、いや、あの‼　そうじゃなくて‼」
　思わず真っ赤になってしまう。
　なんであたし、あの時あんな口から出まかせを言ったんだろ。

「じゃ、山登り？」
「いや、あのっ！　す、すみません…」
　いちいち記憶されていると顔から火が出る。

　変な意地を張ってワケわかんないこと言うんじゃなかった…
　真っ赤になってうつむいていると、高遠くんが不意に言った。
「山登りは好きだよ。父親の趣味に付き合わされてる」
　ぎくっ。
　まさか高遠くんが登山好きだったとは。

　恐る恐る高遠くんを見ると、にこっと口元だけ笑みを浮かべている。生徒会長に気後れするでもなく、落ち着いていて…
「山小屋に泊まるのんびりした登山だけど、この夏はテント泊にチャレンジしようと思ってるんだ。
　体力つけるために、最近毎朝走ってるよ」
「そ、そうなんだ…」
　学校ではおとなしそうに見えたけど、本当にすごい趣味を持ってるんだなあ、高遠くん。

「じゃ、中間終わったら連絡する。
　ID、中学の頃と変わってないよね？」
　卒業前に、同じクラスの子とメッセージIDやメルアドを交換した。高校合格のお祝いで、ママがスマホの最新機種を買ってくれたから…
　高遠くんもその時のメンバーに入ってたっけ。
「あ、あの。あたし…」
　高遠くんが片手を上げて行ってしまった。

…どう断ればいいんだろう。

　あたしがぼんやりしていると、ソータ先輩が、高遠くんの後ろ姿を振り向いて見ている。
「…」
　何か物言いたげだ。
　あたしの好きな人が高遠くんだと、誤解されたんだろうか。
　誤解しないで！って言うのも変だし、どうしよう。

　困っていると、ソータ先輩があたしの方を向いて言いかけた。
「あいつが…」
「ソータ先輩」
　ソータ先輩の声にかぶさるように、後ろから莉果の澄んだ声が響いた。今図書室に来たところみたいだ。

　莉果が、いつも以上に輝いていて、まぶしい。
　グラビアから抜け出てきたみたいな、整った髪と、スタイル。
　そしてこぼれ落ちそうなパーフェクトな笑顔だ。

　ソータ先輩が少しためらう様子を見せて…
　結局、何も言わずに莉果に振り返った。
「何？」
「この間の本、新刊が発売されましたよ」
「へえ」
　いつものように親しげに莉果と話し始める。

"確定だよ、確定。もう付き合ってるって"
"付き合ってるって本人に聞いた人いるって"

158　桜恋　～君のてのひらに永遠～

あたしの知らないうちに、きっと色々あって———
仲良さそう。すっかり恋人同士って感じ。

ふと、心に暗い影が差した気がして、あたしは首を振った。
あたしが落ち込んでもしょうがない。
ソータ先輩は、ちゃんと彼女がいて。
それはあたしの友達で。
"おまえが図書室に来るなら、俺も来るから"
それは、図書館仲間として仲良くしようって意味？
ソータ先輩の恋を見守って欲しいって意味？

"キスしていい？"
あたしにとって、キスは簡単なものじゃない。

これ以上、ソータ先輩に振り回されたくないんだ。
彼女がいる人に、からかわれたり、いじられたり、気まぐれでキスされたりするのは———困る。
男の子に慣れていないんだから、ついドキドキしてしまう。
気になって振り回されて、目で追ってしまう。

莉果はソータ先輩とお似合いだと思う。
付き合っているなら、応援してあげたいと思うんだ、心から。

高遠くんがあたしのこと好きなんて、信じられないけど…
気は合う方なんじゃないかなあと思う。
高遠くんの飄々としている雰囲気が、ボケまくっているあたしとなんとなく波長が合うから。
高遠くんと付き合うべき？

でもあたしは、ソータ先輩のことばかり考えてしまってる。
　恋人がいる人なのに、気になって仕方がないんだ。

「終わった？　帰ろっか」
　莉果に声をかけられ、あたしはハッとした。
　ろくに仕事をしてないうちに、時間が来ちゃった。書庫の整理もするつもりだったのに。
　当番じゃないけど、明日も来なきゃ…
「うん、帰る」
　あたしは帰り支度を始めた。

　莉果が…　なんだか遠くなったように感じる。
　スクールバッグを肩にかけながら、あたしはぼんやり莉果の横顔を見ていた。
　改めて見ると、つくづく綺麗(きれい)な子だ。
　周囲から浮き上がるようなオーラが出てるんだ。
　美人オーラっていうのかな。
　あたしみたいな普通の子とは違う、キラキラした感じ…

　歩き出しながら、そっと聞いてみる。
「ずっとソータ先輩と話してたの？」
「うん。楽しかった」
　あたしはそっと息を吸って吐いて。
　なるべく自然に聞こえるよう、頑張って明るく言いかけた。
「莉果、あの…　ソータ先輩と…」
　付き合ってるの？　ズバリ、そう聞けばいいのに。
　なんだか喉(のど)の奥が詰まって、言葉が出ない。

あたしは、莉果に自分から言って欲しいのかな。
『ソータ先輩と付き合ってる』って。
　ハッキリしちゃえば諦めがつくから。
　莉果は、あたしがソータ先輩を好きだと思ってるの？
　だから気遣って、付き合ってることが言えないの？

　沈黙が続いた。
　莉果は、まっすぐ前を見て歩いている。無表情だ。
　何を考えているか読めない。いつもどこか、大人びた雰囲気を纏っている子ではあるけど。

　そこでふと顔を上げて、莉果があたしを見た。
「そう言えば、高遠くん来てたでしょ。話した？」
「うん、少し」
「何か言われた？」
「遊びに行こうとか、なんとか…」
　莉果の頬に赤みが差した。
「進展してるね！　あたし、遠くからちょっと見てたんだけど、すごく仲良さそうじゃなかった？」
　嬉しそう。
　あたしが高遠くんと、うまくいくといいと思ってるんだ。

　でもあたしは、ソータ先輩が———

「あはは、うーん…」
　困ってしまい、歩きながらうつむく。
　何故だろう、涙が溢れてきて、あたしは必死で抑えようと黙

って喉の奥に力を入れた。
「ほのか…？」
 莉果があたしの様子に気付いて、心配そうに聞く。
「よく、わかんない…」
 頑張って言ったら、涙がポロ、と落ちてしまった。
 まずい、と思ったんだけど、止まらない。
「なんで… 泣くの？」
「わかんない。ごめん。あたしおかしいんだ、ごめん」
 涙が止まらない。

 惨めで、ツラくて。 我ながらバカみたい…
「ほのか」
 莉果があたしの背に手をおいて、そっとさすった。
 申し訳ないなって思う。莉果は何も悪くないのに。

 それでも、好きな気持ちは止められない。

「ごめん。あたしえーと、情緒不安定？
 なんか高校入って色々忙しくて、疲れちゃったのかも」
 力を振り絞って、元気に言ってみる。
 莉果があたしを心配そうに見てるのがわかる。
「ほのか」
 ああ、このままじゃ、わっと泣いちゃいそうだ。
「ごめん、大丈夫。明日にはきっと落ち着くから」
「ほのか」
「先、帰るね」
 ダメだ。限界…

ぜんぜん釣り合わない人にも、恋はしてしまう。
魅力的で、振り回されて、夢中にさせられて…
でも、その人は友達の好きな人で、友達とお似合いで。
あたしは、２人の恋をはじまりから見ているんだ。

でも、すき。

あたしは莉果の顔を見れないまま、片手を上げた。
そして、小走りで帰った。

"もう迷わない　目を閉じて　顔を上げて
　世界とkissする"

"あなたが好きです"

成瀬莉果、生徒会室でお昼休み。
　今日は生徒会の用事があるって、ほのかに嘘をついた。

"メリットと言えば、生徒会室が自由に使えることくらい"
　そのメリットを最大限活かさせてもらって、ここでひとりでお昼ご飯を食べるつもり。
　ほのかと顔を合わせたくないから。

　昨日、明らかにほのかの様子はおかしくて。
　あたしとソータ先輩の仲を誤解しているみたいだった。
　噂を聞いたのかもしれない。

　出処はわかってる。
　何日か前、あたしが同じクラスの男子に告られて断った時、「付き合ってる人がいるの？」って聞かれて…
　いる、と取れるような曖昧な返事をしたから。

　誤解させたかった。誤解させて外堀を埋めて…
　なんとなく付き合ってる風に持っていけないかなって、思ったことは認めるわ。
　ソータ先輩が"なんとなく"流される人じゃないって、わかっているのにね。多分、負けを認めたくないんだと思う。
　バカげた、つまらないプライド？

　案の定、噂はどこまでも広がっている様子。
　ほのかにも届いてしまったんだろう。

　誤解は誤解なのだから、解いてあげればいい。

ほのかが、カナタくんであることを知らないままソータ先輩に惹かれていることはわかっている。わかっているけど。

　どうしてもあたしは…

　その時、バタン、とドアの開く音がした。
　振り向くとソータ先輩が顔を覗かせている。
「あ、先客」
　一言言って、すぐ行ってしまおうとするので…
「待って！」
　鋭く言うと、ソータ先輩が振り返った。
「…聞きたいことがあるんです」
「ひとりで食いたくてここに来たんじゃないの？
　俺もそうだけど。今日は譲るよ」
　すぐにでも出て行って、ひとりになろうとするのね。
　憎らしいくらい、あたしに興味がない人。

「ほのかのこと、聞きたいの。
　あたし、ほのかに聞いたの———カナタくんのこと」

　ソータ先輩がすっと真面目な顔になった。
　この際、カナタ先輩と呼ぶべきかしら？

　ソータ先輩の背後で、ドアがバタンと閉まった。
「あいつに、何を聞いた？」
　いつもクールなソータ先輩の表情が、少しだけ強張ってる。

「カナタくんっていう幼なじみとの、大事な思い出話」

「そう。あいつ忘れてるかと思ったら、一応憶えてたんだな」
 そっけない。特に興味もなさそう。
 心にある思いを、あたしに見せる気はなさそう。

「ほのかは、あなたがカナタくんだって気付いてないわ。
 安心して。あたしは何も言ってない」
 素早く言って、反応を見る。
 ———無反応だ。

 あたしは秘密を知ってる。
 ソータ先輩より前に、ほのかに教えてしまうことができる。
 そう言われたら、どう反応するのかしら。
「ほのかに言って欲しい？」

 ソータ先輩が軽く溜め息をついた。
「言って欲しくない」

「わかったわ」
「でも成瀬が言いたいなら、言えばいい」
 あたしに弱みを握られたつもりはないのね。
 言うも言わないもあたしの自由だ、と。

 そしてまた、ドアノブに手をかけるのが見えて…
 あたしは急いで言った。
「あなたがカナタくんだって、どうしてほのかに言わないの？」

 ソータ先輩が、ドアノブから手を離して…
 あたしに振り返り、鋭い目で見た。

睨(にら)んでるみたいに見える。あたしはちっとも怖くないけど。
…ほのかだったら、泣いて逃げそう。
「おまえ、何が言いたいんだよ。関係ないことに口挟(はさ)むな」
やっと少し、感情らしきものが出て来た。
イライラした様子を隠さないのね。
いつも落ち着いていると評判の生徒会長様なのに。

"忘れてるかと思ったら、一応憶えてたんだな"
ほのかに忘れられていると思っていたのね。
「自分で言えばいいのに」
あたしは呟(つぶや)いた。
皮肉を言う元気もない。心からそう思うだけだ。
この人は意地を張っている？　何か誤解をしている？

「言う気はない」
素っ気なく言って、今度こそ出て行こうとする。
その後ろ姿に、あたしは言葉を投げた。

「ほのかに、付き合っている人がいるから？」

　———嘘だ。ほのかに付き合ってる人なんていない。

どうして、あの時あんなことを言ってしまったのか。
後から振り返るといつも、わからなくなる。
大好きな友達で。いい子だって心から思って。
幸せを願っている筈(はず)なのに。
どうして。

それでも。
あの時はそう言わずにいられなかったって…

ソータ先輩は、振り返らず出て行った。

あたしの言葉が聞こえたのかどうか、わからない。
聞こえなかった方がいいのかもしれない。

気が付くと、頬が濡れていて。
あ、あたし泣いてるって───気付いた。

共に図書室を愛でる。

　莉果は最近そっけない。ソータ先輩と付き合い始めたことで、あたしと話すのが気まずくなってしまったのだと思う。
　あたしがソータ先輩のことを好きだと思ってるからだろうな。
　そしてそれは…　その通りだ。

　友達と同じ人を好きになるって、よくあること。
　友達の方が美人で賢くて、そして当然のように選ばれる…
　それもきっと、よくあること。
　それでも、友達でいたいんだ。
　友達の恋も応援したいんだ。それを、どう伝えればいい？

　生徒会室で仕事をしながらお昼を食べるね、と言われて。
　あたしは初音ちゃんのグループに入れてもらって、隅っこでおとなしーく気遣いながらお弁当を食べたり。
　このまま莉果との友情にヒビが入ったりしたら、正直きつい。
　あたしは莉果を応援するつもりだって、伝えたいのに。
　いつも話し掛けようと思って、うまく言葉がまとまらなくて、空回り。

　図書室には、それでもなんとか通い続けている。
　図書委員も「やる気アリ」と「やる気ナシ」でいつの間にかグループ分けされてて。
　あたしはいつの間にか、やる気アリの期待の新入生として、シフト当番に名前が沢山入ってる。
　今更「やっぱりやる気ないでーす」とは言えない雰囲気だ。

　ソータ先輩も莉果も、相変わらず図書室に毎日来る。

最近、教室でもメッセージでも気まずくて、莉果を図書室で見ることの方が多くなってしまった。
　あ、またソータ先輩と話してるな、なんて遠くから眺めつつぼーっと思う。
　今日も何か、2人で本のやり取りをしてる。
　親しげに話していると、恋人同士の雰囲気に見える。
　莉果は、あたしと話す時もそうだけど、話しながら少し顔を寄せてにっこり笑うんだ。
　同性でもつい赤くなって「く———っ！　かわいい!!」とか頭をガシガシしたくなる感じ。
　莉果がふと、ソータ先輩と話している最中にあたしを見た。
　目が合ってドキッとすると、ふっと目を逸らされる。

　たったそれだけのことなのに、胸に小さなトゲが刺さる。

　委員が終わって帰ろうとしたら、もう莉果はどこにも見当たらない。
　ソータ先輩も、今日はちっともあたしに絡んでこなかった。
　帰り支度をしながら、ぼんやり考えてみる。
　つまり、ソータ先輩は…
　莉果とあたしの仲がいいから、莉果に近づきたくてあたしに絡んでた、と。そういうことかな？　やっぱり。
　漫画によくあるパターンだ。美人の友達やってると、ありがちだよね。よくあること。気にしてもしょうがない。
　なんだか泣きそう。高校生活ってやっぱハードだ。

　図書室を出て必死で歩く。
「何、泣いてんの？」

小学生の頃から、すぐ泣いちゃうあたしは、涙を隠す言い訳だけはバリエーションを持っている。
　花粉症とか、慢性鼻炎とか、ホコリアレルギーとか。(どれも持ってないけど)
「ちょっと、鼻炎なだけです！」
　怒って振り向くと、やっぱりソータ先輩だ。
「からかわないでください……」
　ちょっと懇願調になってしまった。ホント、あたしを惑わせないで欲しいんだ。切に願う。
「日曜日、おまえ西町図書館にいた？」
　意外なことを聞かれて、目がテンになる。

「…いましたけど」
　なんでそんなことをこの人が知ってるんだろう。
「やっぱり。おまえを見たような気がしたんだよ」
　あたしが図書館の前にいたのを見ていたってこと？
（結局図書館に入りはせず、帰ってしまったから）
　ソータ先輩も日曜日に図書館に行ったの？
「ま、まさかっ！」
　そうだったのか！
　急に閃いてあたしが思わず大声を上げると、ソータ先輩が一瞬ひるんだ。そこをずいずいっと目の前に迫って聞く。
「ソータ先輩って、図書館オタクなんですか⁉」
「……は？」

「学校の図書室に毎日来るじゃないですか。
　なのにいい天気の日曜日まで、デートもしないで図書館？
　いや、デートが図書館？

よほど図書館が好きじゃないと、そんなことしないですよね。
　そっか…　わざわざ図書室に毎日来るのって、図書室や図書館が大好きだからなんだ…」

　ぶつぶつ言いながら、なんだか少しほっとしてきた。
　莉果に近づくためにあたしを利用したんじゃなくて、単純にソータ先輩は図書館が好きなのかもしれない。
　利用されたわけじゃないんだ、たぶん。

"おまえ図書委員なの？　そんなに図書室が好きなのかよ"
　そうか、ソータ先輩は、あたしに自分と似たものを感じたのかな。図書室好き、という。
"おまえが図書室にいるなら、俺も来る"
　共に図書室を愛でよう———って感じだろうか（同志愛）。
　でもあたし、正直そこまで図書室や図書館が好きなわけじゃないんだけどな。

　ソータ先輩ってまるで、カナタくんみたいだ。図書館好きとか、いきなりキスとか。あたしはうんうんと頷いて……
"おまえ、キス何度目？""２度目です""よし"
　不意に、降って来た想像に戦慄した。
　まさか、ソータ先輩がカナタくん……

　ソータ先輩を見て、首を振る。
　そんなことあるわけなかった。名字も名前も違う。性格も家族構成もぜんっぜん違う。
　ソータ先輩は、花びらを掴む手が左手だった。つまり左利き。
　カナタくんは普通に右利きだった。そういうのは年と共に変

化するわけない。バカなこと発想してしまった。
「何をひとりで百面相して納得してるんだよ」
「あの、ホントにあたしのこと放っておいてください。
　からかわれるの、嫌なんです」
「俺の行く方向もこっちだから」
　冷たく言われて、返答のしようもない。

　２人で並びながら無言で歩く。
　隣で歩かれると、周囲からどう見えるか気になって仕方ない。
　歩きながらそっと横を見る。顔はとても見上げられない。
　手に文庫本を持っていることに気付いて、つい タイトルが気になってしまう。
　紙カバーがかかっていて、見えない。見慣れた地元書店の紙カバーだ。莉果とやり取りしていた本かも。
　近くで売られてる本なら、今度買って読んでみたいな。
　莉果とソータ先輩の作りだす親密な世界に、あたしは少しだけ、嫉妬しているのかな———

　靴箱のところまで来て、ソータ先輩と無言で分かれる。
　あたしが靴を履き替えてからさっさと行こうとすると、ソータ先輩は先に履き替え終わって歩き出していた。
　後を追うのも変だし、時間ズラそうかな…　とぼんやりしていると、高２の傘立てに何か置かれてる。
　空っぽの傘立ての上に置かれているのは、さっきのソータ先輩の本だ。
　靴を履き替える時にちょっと置いて、忘れていったんだ。
　あたしは慌てて本を掴み、ソータ先輩の後を追った。
「あの！　ソータ先輩、忘れ物です」

ソータ先輩が驚いた顔をしているのを見て。
　本を差し出そうとして… 持ってきてあげたんだしそのくらいいいかな、と思ってしまって。
「傘立ての上に置いてありましたよ。
　何の本ですか？　やっぱりミステリー？」
　ちょっとだけ、本の表紙に手をかける。
　ゆっくり───もし「やめろよ」とか言われたら手を止めようって、ちゃんと思っていたんだけど。
「触るな！」
　言葉の鋭さに、びくっとする。

「ご、…ごめんなさい」
　慌てて手を止めて、本を差し出す。
　ソータ先輩が、気まずそうにあたしから本を受け取って。
「いや、ごめん。怒るつもりじゃなくて」
「いえあたしが、無神経だったんです。ごめんなさい！」
　理解し合っている２人の世界に、あたしが土足で踏み込もうとしたように見えたのかも。
　怒らせてしまった。２人の世界には入り込めない。

「ほのか」
　名前を呼ばれたのは初めてだったかもしれない。でもあたしはすっかり動揺してしまっていて。
　何も耳に入らないまま、頭の中がぐるぐるのまま…
「ホントにごめんなさい！」
「ほのか」

　後を振り返らずに、走って帰ってしまった。

第6章　叶わぬ恋ごと。

幸せでいてね
手を振る右手と　こぶし握る左手
支え切れず震える手首　ごめんね　ありがとう

星が降るように優しくしたかったよ

言葉にしたら壊れてしまう
言葉にしたら壊れてしまう

丸ごと　そのままの想いを　あげる
あたしの叶わぬ恋ごと　幸せを祈るよ

中間テストが終わったら。

　家に帰ったら、なんだか泣けて。
　何が悲しいのか、自分でもわかんないまま、ぐしゃぐしゃに泣いてベッドに突っ伏して。
「夕飯を抜く」と言ったらママに怒られて、たらこスパゲッティを作らされた。(パパの帰宅が遅い日はパスタが多い)
　目を真っ赤にしたまま、必死でたらこをスプーンで掻き出す。
　あたしの様子を見て、ママも気が引けたらしく。
　そっと、隣でサラダを作ってくれた。

　目立たないあたしの、ささやかな高校生活。
　でも、ささやかなりに事件だらけだ。
　入学以来、時が経つのがやたら遅く感じていたけど…
　ふと気づくと、もう中間テスト直前になっている。
　図書委員の当番も明日からはない。図書室に行く必要がなくなってしまった。
　それからあたしは、ソータ先輩と会う機会もなく、莉果とは気まずいままの日々が続いた。

　あたしはなんとか莉果と話そうとしていた。
　莉果とソータ先輩が本当に付き合っているのか、噂だけを信じていたらいけない気がして。
　別に、莉果とソータ先輩が付き合ってなかったとして、あたしに望みがあるわけじゃなくても。
　本人からちゃんと聞いた方がいい。

「莉果‼」
　昼休みが始まってすぐ、ダッシュで教室を出てゆこうとする

莉果を追って、あたしは廊下に出た。
「…」
　莉果がお弁当箱を胸に抱えて、振り向く。
　本当に綺麗(きれい)な子だ、と思う。そのまま人気ファッション雑誌のモデルさんになれそう。
　あたしを見る視線が、怯(おび)えたように揺らめく。
　莉果らしくない。いつもは溌剌(はつらつ)と自信に満ちてるのに。
「あ、あの…。あたし、ちゃんと聞かなくちゃって思って。
　みんな噂してるけど、莉果ってソータ先輩と…」
　喉(のど)がカラカラで、言葉が詰まる。
「つ……付き合ってるの？」

　莉果が視線を下げた。それから、ふっと横を向いて…
　あたしと視線を合わせないまま、こくりと頷(うなず)いた。
「そ、そうなんだ…」
　覚悟はしていたつもりだけど、いざハッキリ肯定されると胸にグサリと何かが刺さる。
　針よりも、もっと大きく鋭利な刃物で……

　莉果はふっとそのままあたしに背を向け、パタパタと行ってしまった。
　生徒会室に行くのかな。ソータ先輩と会いに？

　昼休みに入って間もない時間。
　お腹(なか)をすかせた高校生たちが、みんな一斉に食事を始めるから、不思議な静けさに満ちているひとときだ。
　妙に静かな廊下の片隅で———
　あたしはしばらく立ち尽くしていた。

すっきり、うまく失恋するのって難しい。
 自分にないものを沢山(たくさん)持ってる友達を見ていると、嫉妬(しっと)というよりも絶望感をおぼえてしまう。
 あたしは失恋の苦しみと、友情まで失いそうな恐怖とで、胸が本当にキリキリと痛んだ。
 人は何故(なぜ)、全然届かない相手を好きになっちゃうんだろう。

 高校生活、思い通りにいかない。
 思い通りにいかないだけならともかく…
 いつの間にか、本人が不在のまま謎(なぞ)のストーリーが発展していることまで、あるから困る。

 高校生活初の中間テストに突入して…
 テスト2日目の朝、間に合ってない暗記を少しでも詰め込もうと、日本史ノートを手にブツブツ呟(つぶや)いてると。
「どう？カレとは」
 声が降ってきて顔を上げると、初音ちゃんがニヤニヤしてる。
 どう？と言われても。そもそもカレって一体ダレ？
「何のこと？」
「とぼけちゃって〜。もぉ…知らなかったぞ！」
 ポンポン、と肩を叩(たた)かれる。
「知らなかったぞって…」
 あたしも知らないよ…　でも今は暗記しておかないと、マジで赤点取りそうなんだもん！
 とりあえず無視して暗記を続けたんだけど。

 学年一の美少女が、生徒会長の彼女の座ゲット！という噂は、

すっかり既成事実として学校中に広がっているけど。
　あたしが、おっとり高遠くんと付き合い始めた———という噂も、学年内でそれなりに広がっていたようで。
　気付くと、とんでもないことになっていた。

　初の中間テスト。最後の科目が終わり、型通りのHR(ホームルーム)の後に終礼となった。教室はお祭り騒ぎ。
　黒板に落書きしたり、走り回ったり。
　派手グループのリーダー格の子たちは、教壇に並んで座り、ピースサインで記念撮影してる。
　あたしも脱力して、椅子(いす)にもたれてぐったりしている時…
「廣田さん」
　穏(おだ)やかな声に顔を上げると、高遠くんがいた。
　同時に、お祭り騒ぎだった周囲が、しん…　と静まり返った。

「……え？」
　高遠くんが前にいることより、周囲が静まり返ったことの方に動揺して、あたしは座り直した。
　高遠くん、クラス違うよね？　何故ここにいるの？
　皆、あたしと高遠くんの会話に耳をそばだて、注目してる。
「約束通り、中間終わったし、遊びに行こうか」
「え？　ええ？　あの、それって」
「もう帰っていいんだろ？　行こう」
　高遠くんが乗り出してきて、脱力していたあたしの腕を掴(つか)み、引っ張る。
　後ろの方で「きゃ——大胆っ」という声が聞こえた。
「あれ、あの、あれ、れ…」
　やめてよッ！と振り解(ほど)くのもためらわれ…

でも腕を掴む力は思いの外強く、さりげなく拒否ることができない。あたしは慌ててカバンを肩に掛け、立ち上がった。
「ちょっとあの、高遠くん。離して」
「いい天気だし、動物園でも行く？」
「いや、動物園ってあの」
　あたし、高遠くんと何か約束してたっけ？

　周囲を見回すと、少し離れたところにいた莉果と目が合った。
　なんだか暗い目で… そしてふっと逸らされる。
　莉果は、あたしと高遠くんを応援してくれてるわけじゃ、ないのかな…

"じゃ、中間終わったら連絡する"
　図書室で、高遠くんに言われた気がするけど…
　連絡が来た時に断ればいいかと思ってたんだけど。
　どんどん引っ張られながら歩いて行き、教室を出た途端に
「「「きゃ ――― !!!」」」
という爆発的な歓声が、背後で沸き起こったのがわかった。
　これでは学年中の噂になってしまう。
　廊下でも周囲の視線が集まっているのを感じ、泣きそう。

「あの、痛いし、ちょっとやめて」
　階段を下りる寸前に、懇願するように言ったら放してくれた。
「あの、中間終わったら連絡するって…」
　そんな連絡来てないような。
「うん、連絡したよ。見て」
　高遠くんに指差されるまま、あたしはカバンを開けてスマホを取り出した。

テスト中だから電源は切っていたわけで。
　電源を入れると───入ってる。今から５分前くらいに。
『中間終わったね』
『遊びに行こう』

「あの、あたし今読んだわけで、返事とか…」
　してないんだけど。
「遊びに行くくらい、いいでしょ。断る理由ある？」
「いやあの」
　こんなに強引な人だったっけ？　高遠くんって。
　おっとりした人というか、ちょっとぽーっとして人が好い人というか、そんな印象すら持っていたんだけど。
「わかった気がしたんだよ」
　階段を下りながら高遠くんが言う。
　あたしは後を追いながら「何が!?」と聞き返した。
　下の階に着いたところで、高遠くんが振り返る。
「廣田さんって、少し強引なくらいがちょうどいいんだって」
　カーッと赤くなる。

「あたし、そんなんじゃ…！」
　痛いところを突かれた時ほど、人はムキになる。

"おまえに許可を求める気はない"
　ソータ先輩に抱き締められた瞬間が、フラッシュバックする。
　とにかくソータ先輩は強引に振り回す人で…
　あたしって、振り回されると好きになっちゃうのかも。
　高遠くんは、鋭い。

「ほのか」
　顔を上げると、数メートル先にソータ先輩がいた。
　今、ちょうどソータ先輩のことを脳内再生していたばかりだ。つい真っ赤になる。
　考えてみたらこの階は、高2の教室がある階だっけ。
（下級生ほど上の階で、沢山階段を上ることになるシステム）

　ソータ先輩がためらいなくこっちに歩いてくる。
　気付いてないかのように、高遠くんの肩越しでにこっと笑う。
　あまりのスルーぶりに、逆に高遠くんを意識してるのが丸わかりだ。
「中間終わったし、どこか遊びに行く？」
　言うことまで、高遠くんと同じだ。

"触るな！"
　あたし絶対、ソータ先輩に嫌われてると思うんだけど。
「り…莉果と一緒に行こうって意味ですか？」
「おまえが成瀬と一緒がいいなら、それでもいいけど」

　今、あたし莉果と気まずいし…
　あたし、仲のいい恋人同士に割り込む趣味、ないけど!!
　この人、あたしをパシリかなんかだと思ってるの？
　昼食とか缶ジュースとか、買いに行かされたりして。

　高遠くんが振り返って、ソータ先輩に何か言おうとしてる。
　何を言おうとしてるんだろう。あたしは焦って青くなった。
「ごめんなさいっ！　あたしあの…帰ります！」
　高遠くんが何か言いかけるのをかき消すように、叫ぶ。

なんだかわかんないけど、この状況、逃げ出したい！

　高遠くんとソータ先輩を避けるようにぐるっと大回りして、階段を駆け下りて。
「廣田さん」
「ほのか」
　背中に声がかかったのを感じつつ、思いっきり無視して。
　そのまま、まっすぐ家に帰った。

　あたしの高校生活、逃げ帰ってばかりだ———

"言葉にしたら壊れてしまう"

"言葉にしたら壊れてしまう"

やっぱり、好き。

　高遠くんから、メッセージは何度も来ていた。
『今日は残念だった』
『また誘うよ』
　そっけないくらい短くブツ切りで、案外押しは強いのが特徴。

『噂になっちゃいそうで困ったな……』
　焦りまくってるスタンプを探して、送る。
　なるべく柔らかく、困っていることを伝えようとしたけど。
『噂する人はさせとけばいい』
『大丈夫』
　いや、あたしはそうは思わないんですがっ！

　涙目になりながらスマホを置いて、ベッドの上で膝を抱える。
　すると10分ほど経ってから、またメッセージが届いた。
『いつもあんな感じ？』
『中岡先輩』
　あんな感じ？と聞かれても…
　困ってしまって返事できずにいると。

『彼女がいるくせに
　手当たり次第女子に声かけるヤツはろくなもんじゃない』

　この文だけ長くて怖いよ…

　そうか、高遠くんから見ると、ソータ先輩ってろくなもんじゃないのか。
　確かに———困った人なのかもしれない。

でもソータ先輩は、きっと悪気なんてないんだ。
　あたしのこと友達だと思ってるんだろうし。
（キスしたのは酷いと思うけど！）
　さっきだって、莉果と一緒に遊びに行きたそうだったし。
　あたしは困りながらメッセージを書きかけた。
『ソータ先輩はあたしのことをパシリだと思ってるんだと…』
　なんかあまり、フォローになっていない気がする。
　慌てて消して、こう書いた。
『ソータ先輩、悪気ないんだと思う。あたしのことを図書館が好きな仲間だと思ってるみたい』
　あまり説明うまくないけど…

『気を付けた方がいいよ』
『心配』
『あまり悪口言いたくないけど』
　短いメッセージのやり取りでも、なんだか空気感が伝わってくる。熱のような何かが。
　高遠くんは、本当にあたしのこと心配してくれてるんだな。
『わかった。気をつけるね』

　あたしはこの人を、安易に「お断り」していいんだろうか。
　ソータ先輩に振り回されて、ドキドキしてしまって。
　見えなくなってしまったものが、あるんじゃないかな…

　それから20分くらい時間が過ぎて。
　もう会話が終わったのかな、と思ってスマホを放置していた。
♪〜
　また、高遠くんだ。どうしたんだろう…

と思ってスマホを覗くと、文字が飛び込んできた。
『廣田さんは無防備すぎるから』
　心臓がバクバクしてくる。
　これは、あたしに限って言われることはないと思ってた、漫画やドラマで定番のセリフでは。
　思わず赤面してスマホを取り上げると、さらに来た。

『可愛いし』
　胸にズキッと痛みが走り、思わずスマホを取り落とす。

　莉果と違って、あたし男の子に可愛いなんて言われ慣れてませんからっ！（そもそも男の子とほとんど会話しないし）
　本気かな、この人。女子全員に言ってるんじゃないかな。
　誰にでもキスしちゃうのも、誰にでも可愛いって言っちゃうのも、酷いと思うんだ。
（↑つい誰にでも言っていると決めつけてしまう）
　ソータ先輩も高遠くんも、あたしのこと振り回してドキドキさせて、陰で笑いものにしようと思っているのでは…

　いや、高遠くんはそんなに悪い人には見えない。
　中学の頃だって、おっとり飄々としている隠れイケメンって言われて、密かに人気あった。悪い評判は聞いたことがない。
　本当に好感を持ってくれてるなら…
　あたし、高遠くんと付き合った方がいいの？

　"キスしていい？"
　急に記憶が蘇ってくる。
　あたしはカーッとなって、ベッドにうつぶせに身を投げた。

どうして、ソータ先輩を思い出しちゃうんだろう。
　彼女がいるのに。友達の彼氏なのに。
"おまえに好きなヤツがいるとしても"
"おまえが図書室に来るなら、俺も来るから"

　図書室仲間としか、思われてないとしても。
　意地悪ばかり言われていても。
　大好きな友達の彼氏なんだって、わかっていても。

　やっぱり、ソータ先輩が好き…

　中間テスト明けの学校は、だるい。
　日曜日を挟んでるし、週明けに答案が次々返されるのは必至。
　早くもテスト中に、丸付けされた答案が戻ってきたりしていたけど、それなりに酷かった（泣）
　やはり、一応成績いい人が集まってる学校だもんね。
　甘くないとは思っていたけど、平均点取れる科目の方が少ないかもしれない。真っ青。

　足取り重く教室に入ると、教室内がざわっ…　として。
　あたしを見てヒソヒソしている子たちが、教室のそこここにいるのを見て、泣きそう。
　やはり噂されちゃってるみたいだ。

　テスト直後の授業は、けだるく眠い。
　なんとなくヒソヒソされているのを感じながらの１日は長い。
　昼休みは気を遣っていたのか、何も聞かれなかったけど…

放課後になると、初音ちゃんがノシノシとやってきた。
　帰り支度をしていたあたしの腕を掴み、教室を出て、廊下の隅に引っ張ってゆく。
　女の子に引っ張られても誰も注目しないんだよなー…　なんて平和なことを考えながら、ぼんやりついていった。

「ねえ、あの後、どうなった？」
　初音ちゃんが厳かに聞く。
「あの後……？」
　高遠くんとメッセージのやり取りして…その後のこと？
　日曜日、あたしは一日中ゴロゴロして、読書したりレモンクリームサンドクラッカー食べたりしてました。
（ココアのより好き）
「連れてかれた後、高遠くんと‼」
　言われてやっと、頭の中が繋がる。
　教室で高遠くんに引っ張られて以降、みんな知らないもんね。

「えーと、別にどこにも行かなかったよ。家に帰った」
「うっそぉ」
　初音ちゃんが素っ頓狂な声をあげた。
「ホントだよ～」
　初音ちゃんの目に疑いが色濃く浮かぶ。
「あたしには本当のこと教えてくれてもいいのに…」
　いや、ホントのこと言ってるんだってば（泣）
　どこから誤解を解いていいのか、わかんないや。
　そもそも、高遠くんの行動が大胆すぎたんだ。
　日頃おとなしそうに見える男の子だから、いきなりあんなことすれば、みんな盛り上がっちゃうよね…

「付き合ってどれくらいなの？」
「どれくらいも何も、付き合ってないし」
　付き合うって一体、どういうことを言うんだろう。
　…という基本的な疑問が湧いてくる。
　多分、告ったり告られたりしてOKすれば、付き合うってことになるんだろうけど、あたし告られてないよね？

　えーと莉果は…
"『自分で告るから』って言われたの"
　———と言ってたっけ。
　高遠くんに、何か言われたっけ？
"成瀬さんに聞いたんでしょ。あーあ、俺が言うって言ったのになあ。ま、しょーがないけど"
　———告白、されたわけじゃないと思うんだけど。
　あたしは何の返事もしてないし。高遠くんも聞いてこないし。

　このまま高遠くんと普通に仲良く会話してたら、付き合ってることになるの？
　今まで通りに接してちゃダメ？　何も聞かれてないのに「お断り」しなきゃいけないの？
　今まで恋愛なんてしてこなかったから、何が正しいのか見当もつかないよ。

　ただ、あたしは———

「まあ、ほのかって表裏あるタイプじゃないっぽいしさ…」
　初音ちゃんが溜め息をついた。
「ほのかが付き合ってないつもりなのは本当かもしれないけど、

もうみんな、すっかり2人がガチカポーだと思い込んでるよ」
(※ガチカポー＝ガチでカップル)
「…それは知らなかった」
　あたしの他人事のような返答に、初音ちゃんがちょっと呆れてる。
「高遠くんのこと、好きじゃないの？　嫌い？」
　初音ちゃんに真顔で聞かれて、ぼーっと考える。
　それは、恋愛という意味の好き嫌いだよね？
「嫌いじゃないけど…」
「ほのかが嫌いでないなら、付き合っちゃえばいいじゃん」
「いやあの、『嫌いじゃない』と『好き』の間には、だいぶ距離あるっていうか」
「好きになるかどうかは、付き合ってみないとわかんないじゃん。付き合っちゃえ！」
「…」
　そんな、簡単に言うけど。
　好きな人がいるのに、他の人と付き合うなんて。
　どんなに好きでも、叶わない恋だけど。

　あたしが黙りこくっていると…
　初音ちゃんがポンポン、と肩を叩いて。
「まあ決めるのは、ほのかだから」
　それだけ言って、行ってしまった。

　高遠くんはいい人だと思う。
　傷つけたくないし、ずっと友達でいたいよ。
　でも…

廊下の片隅でぼんやり立っていると。
「廣田さん」
　ぎくっとして顔を上げると、高遠くんがいた。
「もう帰る？　一緒に帰ろう」
　周囲の注目がさーっと集まってくるのがわかる。
　あたしが思わず周囲を気にしてしまうのを見て、高遠くんが畳みかけるように言った。
「話があるんだ」

「わかった…」
　どうしよう。多分、今日こそハッキリ何か言われる。
　あたしは教室に戻ってカバンを肩にかけた。周囲の注目を一身に浴びながら教室を出る。
　高遠くんが教室の出入り口前で、にこっと微笑んでいて…

　階段を下りている途中で、背の高い人影とすれ違った。
　注意力の欠けたあたしは、誰とすれ違ったか気付きもせず歩いて…
「ほのか」
　踊り場で立ち止まって声の方を見上げる。
　───ソータ先輩だ。
　表情がよくわからない。無表情にも、怒っているようにも見える。
「廣田さん」
　階段の下から高遠くんに呼ばれた。
「あ、うん」
　ソータ先輩が気になる。気になるけど、何も言ってくれない。

あたしは、階段の踊り場でソータ先輩を見上げながら立ち尽くしていた。
「廣田さん、行こう」
　強い調子で言われて、慌てて振り返り階段を下り始める。

　ソータ先輩、何か言いたそうに見えたんだけど。

　あたしと高遠くんの仲を誤解されたのかな。
　でもあたしが誰と一緒に帰っても、ソータ先輩とは関係ない。
　ソータ先輩は彼女がいるんだし、それはあたしの友達で。
　あたしがしっかり吹っ切らないと、気まずいまま莉果を失ってしまう。

　高校生活って迷路みたいだ。
　曲がり角が沢山(たくさん)あって、その先が見えない。
　どこへ向かえばいいのかわかんない。

　きっと正解は、あたしが選び取るしかないんだ———

さよなら。

それから1週間ほど、あたしは毎日図書室に通った。
中間テストも終わったので、委員の当番は再開。希望すればどんどんシフトが組まれて、あたしの当番表はぎっしり。
図書室に行っても、最近ソータ先輩は話し掛けてこない。
莉果と2人で話しているのが、時々見られるけど…
なんとなく、あたしを避けているような気がする。あたしの見えないところにすぐ消えてしまう。

莉果とは気まずい関係が続いていて、目が合うと逸らされてしまうし、お弁当も一緒に食べていない。
あたしは初音ちゃんグループの端っこに入れてもらって、なんとか日々を過ごしている。
「今日もソータ氏と莉果りんが一緒のとこ、見たよ」
もうすっかり、昼休みの噂話のネタだ。
「昼になると莉果りんスゴイ勢いで教室出て行っちゃうじゃん。最近彼ら、生徒会室が逢引場所なんだよね？」
「逢引って何それ。なんかエロい」
「エロい言う方がエロいんだよ。密会でもいいけどさ」
「密会もっとエロぃー」
きゃははは、と笑い合うクラスメイトの輪の中で、あたしも曖昧に笑う。
でも今、友達の幸せを祈れるあたしになれている気がしてる。
気持ちが吹っ切れたんだ。たぶん。

多分、ちょっと前まであたしは、どこかぎこちなかったんだと思う。今なら、仲良くしている2人を目の前で見ても、心から笑える気がする。

きっとまたいつか、莉果と仲良くなれる。
そんな気がする———

　今日もスッキリした気分で、元気に図書委員の仕事を始める。
　ビニールカバー付けも、最近は板についてきた。貸し出しもテキパキできるようになった。
　図書委員は、図書室に入って来る本の情報を先に見ることができるのが楽しい。
　２学期からは、図書室にどの本を入荷するか意見を出させてもらえるそうだ。
　将来は司書資格を取って、図書館員を目指そうかな…
　（採用試験の倍率が高くて、なるのがとても難しいらしいけど）
　図書室って素敵だ。本に囲まれてると落ち着く…

　チャイムが鳴って、図書室が閉まる時刻。今日は莉果もソータ先輩も図書室に来なかった。
　何故(なぜ)だろう？　毎日のように通ってる２人なのに。
　今日は仲のよさそうな２人を、ニコニコ見守って、できれば莉果に話しかけようかと思っていた。
　莉果がノロケ話をしてくれれば、きっと笑って聞けるのに。
　バタバタ忙しく貸し出し作業をするだけで、当番は終わってしまった。
　なんだかつまんない…

　あたしは溜め息をつきながら、ひとり図書室を出た。
　長い廊下を歩き、靴箱のある本館を目指す。
　靴を履(は)き替えて校舎を出て、バス停に向かう道は青々とした葉の茂った桜の木々が並ぶ。

梅雨に入る前の、とても美しい季節。
だいぶ暖かくなってきて、もう初夏の陽気だ。
この木々が一斉に花を散らしていたのは、つい最近のことの筈なのに、もう長い時間が経った気がしている。
高校に入った。友達ができた。好きな人ができた。
―――失恋した。
あたしのことを、好きになってくれた人がいた。
いろんなこと、たくさん…

涙がこぼれる。
入学してすぐの頃は、ここは桜の花吹雪で。
花びらを掴もうとしていたら、声をかけられて…

「ほのか」

振り向くとソータ先輩がいた。
綺麗な顔立ちで、いつものようにクールな―――鋭い目で、あたしを見てる。
どうしてこの人は…
あたしが見られたくない時に限って、近くにいるんだろう。

慌てて涙を拭って、なるべく冷静を装って言う。
「何ですか。ソータ先輩、ずいぶんここが好きなんですね」
思わず言ったけど、嫌味っぽくなっちゃったかな。
「おまえが、帰りに通ると思ったから」
驚いて振り向く。

この人の意図は何？

どうしてあたしに話しかけてくるのか、わからない。
　"彼女がいるくせに
　　手当たり次第女子に声かけるヤツはろくなもんじゃない"
　高遠くんの言葉が蘇ってきた。
　そうだよ、ろくなもんじゃない。彼女がいるのに、何かと声をかけてきて、いきなりキスまで———

「あの、あんまり声かけてきたり、して欲しくないんです」
　期待しちゃうから。かき乱されるから。
　———好きな気持ちが、忘れられないから。
「どうして？」
　心底不思議そうにソータ先輩が言って、あたしは言葉に詰まった。どうしてって言われても…

「付き合っているヤツがいるから？」
　言葉に詰まる。
　どうしてそんなことを聞いてくるんだろう。
「…どうでもいいじゃないですか、そんなこと」
　莉果とうまくいっているくせに。
　あたしなんて、関係ないのに。

「俺を見ても、全然気づかない？
　　一応、名前くらいは憶えてたんだろ？」

　唐突に言われても、何のことを言っているのかわからない。
「気付かないって…何を」
　なんだか心臓がバクバクしてくるのがわかった。
　とても大事な何かを、告げられる予感がして。

「昔は、カナタくんカナタくんってひっついて来てたのに。
　冷たいな」
「……っ」
　衝撃が走る。
　ガツンと胸のあたりを殴られたような…

　今までの様々な記憶が、ぐるぐると頭の中を巡って。
　謎と不思議が───噛み合う。

「ソータ先輩って、まさか」
「俺が奏太だよ。本当の読み方知ってる人少ねぇけどな。
　奏でるに太で、カナタ。ソータとよく誤読される」

「カナタくん……!?」

　まさか、そんな。あり得ない。
　ぐるぐるになった頭でソータ先輩を見上げて…
　でも、ちっとも面影を感じられないよ。別人だよ、別人。
"男の子は変わるからねえ"
「ホントに、ホントにカナタくん……？　あ！」
　だって、そう、名字！
「名字が蒼山じゃないじゃん！」

「どこで蒼山だと誤解したのか、知らないけど。
　蒼山は、母親の実家の名字」
「だってだって、あの、お父さんいないって…」
「父親は、当時まだ東京の病院メインで働いてたんだよ。
　母親は、病気で中岡病院に入院して、実家の人たちに世話し

てもらってた。
　でも父親は毎週来てたよ。こっちでも少しずつ働いてたし」
「え、え、それって…」
　頭の中がこんがらがってきた。
「だから名前は当時から中岡。
　でもまあ俺、なるべく名字を隠してたからね。このへんじゃ、名字言えばすぐバレんじゃん、あの病院の息子だって」

　確かに、入学してすぐに初音ちゃんに言われたっけ。
"超イケメン・成績トップ・中岡病院の１人息子だよ！"
「いちいち注目されてウザかったり。
　あと、将来の医者だと思って寄って来る女までいたから。
　目立つ親を持つと、ちっさい頃から女不信になるね」
「…」
　唖然として、何も言えない。
　確かに、カナタくんは名字が書かれているような物を持っていなくて。『かなた』と刺繍されたお稽古バッグくらいで。
　自分の図書カードを作らなかったのは、名字を隠すため？？

　確かに、カナタくんがソータ先輩だと考えれば。
　お母さんの病気が治る願掛けをするような、イタイケな子には見えない…

「母親の病気が全快したから、東京の家に戻ったけど。
　どうせ何年かで父親は地元に戻って、親の病院を継ぐ予定だったからさ」
　どうせこっちに戻ってくると思ってたんだ。
「絶対会えるって、そういう意味だったんだ…」

"絶対、会えるから"
　あの時のカナタくんは、とても自信に満ちていて。
　本当に会える気がしたんだ。

「中３の始めにこっちに戻ってきた。
　高校でさ、１学年下の入学予定者一覧を先生に見せてもらった時…　おまえの名前を見つけて嬉しかったよ。
　いつか気付くかなと思ってたんだけど…」
　ソータ先輩が苦笑した。

　あたしは、気付かなかった。

"再会すれば。
　あたしは絶対、カナタくんだってわかると思うんだ。
　見逃さない。どんなに変わってしまっていても"
　……あたしは気付かなかった。
　カナタくんは気付いてくれていたのに。
　そしてその間に、カナタくんは好きな女の子を見つけて。
　その女の子はあたしの友達で…

「もう…　昔のことだよね」
　ぽつりと言った。
　なんだか心が乾いていて、涙も出てこない。
　あたしとカナタくんの思い出なんて、子供の頃のことだ。
　もう、関係のない大昔のことなんだ。

"付き合ってるの？"

あたしが聞いた時に、こくりと頷いた莉果。
"今日もソータ氏と莉果りんが一緒のとこ、見たよ"
　今のカナタくんは、あたしの友達の彼氏———
　完全な失恋だ。

　あたしは、いつでも…
　カナタくんを好きになってしまうのかもしれない。
　いつだって、輝いている人だから。
　つまらないあたしとは、決して釣り合わないあなたを。
　初めて会った時も、再会した時も…
　カナタくんだと気付きもしないまま、何度でも。

　ソータ先輩は、無言であたしを見ている。
　淋しげな顔に見えて、胸が痛む。
「カナタくん、変わったよね。
　あれからすごく時間経ったもんね。
　あたしも、変わったし———」

「変わったんだ？」
　静かに、落ち着いた声で聞かれる。
　カナタくんは…　ううん、やっぱりソータ先輩だ。
　今のあたしにとっては、大好きなソータ先輩。
「変わった…」
　あたしはぽつりと言って、ソータ先輩に背を向けた。
　顔を見ているのが、ツラくて。
「あの頃は子供だったもんね。
　カナタくんが東京に行ってから、あたしもいろんなこと、あったし…」

「いろんなこと、あったんだ……?」
　ソータ先輩は、多分。
　あたしが中学の頃から、高遠くんのことを好きだと思っているんだろうな。
「あった…」
　でも、その誤解は解いても仕方がない誤解だ。

　ソータ先輩が、あたしのすぐ後ろに立ったのがわかった。
　あたし、離れるべき?　立ち去るべき?
　……なのに、金縛りに遭ったように動けない。
「好きなヤツがいるってこと?」
　背後から声が響く。
　好きな人の声って、どうしてこんなにドキドキするんだろう。
　上の方から降ってくる甘い重低音に、溺れそうだ。
「…うん」
　好きな人———それは、あなただけど。

　日本語って、便利だ。
　嘘をつかずに、嘘をつける。

「嘘だ」
　不意に、後ろからぎゅっと抱きすくめられる。
　あたしはちっとも驚かない自分に驚いていた。
　すごくドキドキするけど、ソータ先輩の仕草はとても自然で。
　大事なものみたいに優しく抱き締めてくれて。

　こうしていると、本当は優しい人なんだって思える———

たぶんソータ先輩は、少しだけ感傷に浸っているんだ。
思い出に。昔の幼い淡い恋心に。
そして付き合っている彼女がいても、感傷でキスしたり…
こんな風に抱き締めたりしてしまう。そういう人。
ソータ先輩はあたしに好かれていたいんだろう。
遠い昔のあの頃のように。我儘な子供みたい。
―――もう、莉果という恋人がいるのに。

「嘘じゃない…」
　声がほんの少し、震える。

「わかった」
　言葉と共に、そっと腕が外された。
　背後でそっと気配が遠ざかるのがわかる。
　立ち去る足音が小さく聞こえて、あたしは思わず口元を両手で覆った。

　もうすっかり足音も遠ざかったのを感じた時…
　後から後から、涙が溢れてきた。
　ぽたぽた零れ落ちるのがわかる。

　さよなら、カナタくん。
　あたしの初恋。

　そしてソータ先輩、さよなら。

文化祭が、終わったら。

　それから、しばらくぼーっと過ごしていたと思う。
　図書委員の当番には行くようにしていたけど…
　莉果もソータ先輩も、全く来なくなった。

　莉果とは全く話せていないけど、できればこの気まずい状況を何とかしたい。
　"忙しそうだけど、今度一緒にお昼食べられるといいね"
　そっと明るくメッセージを送ってみた。
　返事は来ない。本当に莉果は、あたしともう友達じゃなくなろうとしているのかな。
　ソータ先輩と莉果が幸せなら、応援する。
　心からそう思ってるって、伝えたいのに。

　６月も２週目に入ったある日の放課後。
「話があるの」
　帰り支度をしているあたしの前に、莉果が立った。
　なんだか仏頂面だ。どんなにぶすっとしててもキレイな子はキレイだけどね。
「話って…」
　思わず顔がほころんでしまう。
　話し掛けてくれるなんて、思わなかったから。
「カルボナーラ行く？　今日、図書委員ないんでしょ？」
「莉果は、生徒会があるんじゃないの？」
「終わらせてきた。っていうか、家で出来るように持ち帰り」
　パンパンのスクールバッグを持ち上げて見せる。
「わ…かった。うん、行く！」
　和風喫茶カルボナーラに、また莉果と行けるなんて…

莉果がカツカツと歩く後を追う（上履きはスニーカーなので、そんな音するわけないんだけど、そういう雰囲気で）。
　どうしたんだろう。何の話があるんだろう。
「本当に、生徒会忙しいのよ。冗談みたいに」
　莉果が溜め息をつく。
「この学校、システムの隙間に落ちた部分を、全部生徒会に押し付けてるみたい。ソータ先輩がコツコツ拾って別の係や部門に投げてるけど、追いつかない。
　今月は文化祭もあるじゃない。文化祭実行委員は生徒会と兼任だから、今雑用の山に追われてるの」
「そうなんだ…」

　追い立てられるようにどんどん歩く莉果を必死で追う。
　本当に忙しかったんだなあ。
"最近莉果りんたち、生徒会室が逢引場所なんだよね？"
　ソータ先輩と仲良くデートする暇はあんまりなかったのかな。
　頑張って、毎日学校のためにお仕事していたのかもしれない。
　なんだか申し訳ない…

　和風喫茶カルボナーラに着いて、奥の方の椅子に座って向かい合う。ちょうど隅で、他の人に話が聞こえづらい場所。
「えーと、あたし食べちゃおうかな。今日、お昼食べられなかったの。おにぎりスペシャルセットにする」
　莉果がメニューを見て即決した。
　おにぎりスペシャルセットというのは、鮭おにぎり＋みたらし団子＋ホットケーキ１枚＋ほうじ茶。
　なかなかハイカロリーでお腹が満たされるメニューです。

「えーとあたしは、みたらし団子セットで」
 みたらし団子に、何故かミニチョコパフェの付いた、不思議で女子に人気のメニューです。
 ２人、おしぼりで手を拭きながら顔を見合わせる。
 なんだか、ずっと気まずかったなんて嘘みたいだな…

「高遠くんと、うまくいってるの？」
 セットメニューが運ばれてきて、店員さんが行ってしまった直後、莉果が言った。
「……うまくいってるって、うまくいくも何も」
 困ってしまって… みたらし団子を１つ食べて、ごくんと飲みこんで。
「別にあの、ただの友達… てゆーか」
「付き合ってるんでしょ？」

 もしかして、その話…
「あの、それってソータ先輩に聞いたの……？」
「まさか。ソータ先輩とはそんな話しないよ。みんな確定情報みたいに言うから、てっきり付き合ってるんだとばかり」
 ああ、まだ噂は消えてないんだ…
 と少しガックリくる。
「あの、ちょっとそれ、誤解なの。
 しばらく前に告られたんだけど、ハッキリお断りした」

 そう、高遠くんに「一緒に帰ろう」「話があるんだ」って言われた日。
 学校近くの桜並木のところで立ち止まって。
 少しだけ話をしたんだ。

「ちゃんと言います。好きです。付き合ってください」

　高遠くんはあたしをまっすぐ見て、とても礼儀正しく言った。
　あたしは困ってしまって———
　でも返事は決まっていた。NOだ。
「ごめんなさい」

　高遠くんは、ちょっと意外そうに息を大きく吸って。
　ふう、と吐き出した。
「お友達からとか、そういう余地はない？
　俺たち、気が合ってると思ってたんだけど」

「好きな人がいるから…」
　あたしは、我ながらバカみたいだな、と思いながら答えた。
「あたし不器用だから。好きな気持ちが残ってるうちは、多分誰とも付き合えない」
「それは、中岡先輩ってこと？」
　あたしは答えなかった。
　…でも、沈黙が返事になってしまったと思う。

「悔しいな。もっとなんか、いい人だったら負けても悔しくないんだけど」
「いい人だよ！」
　高遠くんが絶句し、あたしも自分の言葉の強さに驚いて。
「あの、あたしの大事な友達の彼氏だから。いい人だと思うの。
　誤解されやすいけど、いい人———」
　あたしは目を伏せた。高遠くんと目を合わせられない。

「でもあの、いつか忘れるの。忘れるよう頑張るんだ」
「じゃ、それでいいよ。中岡先輩が好きでいい。待つよ」
　高遠くんの言葉に、懇願の色が混じる。

「ただ、あたし吹っ切るの、すごくすごく時間かかる性格だから…」
　カナタくんを吹っ切るのに何年かかったんだろう？
　自分で呆（あき）れてしまう。
「だから待たれると、困っちゃうんだ。
　高遠くんいい人だから、素敵な彼女見つけて欲しい…」

　沈黙が降りてきた。
　たっぷり２分か３分、高遠くんとあたしは、向かい合ってお互いうつむいたまま、黙りこくっていた。

「わかった。ごめん」
　傷つけてしまったことがわかった。そんな声だった。
　高遠くんはくるっと後ろを振り向いて…
そのまま、走っていってしまった。

　──────────
　────────
　──────
　────
　…

　莉果には、ソータ先輩が好きだから断ったとは、言えない。
　でもきっと、お見通しなんだよね。

「今、誰とも付き合う気になれないって、断っちゃったの。
　できれば高遠くんとはいい友達でいたいんだけど、こういうのって難しいね…」
　傷つけてしまったのに、友達でいたいなんて、虫がよすぎる。
「カナタくんが忘れられないから、断ったの？」
「カナタくんのことはもう、吹っ切れたと思ってる」
「じゃあ───」
　莉果が言いかけた瞬間、あたしは下を向いたまま、ぎゅっと目を瞑った。
　ソータ先輩のことが好きなのね？　…そう言われそうで。

「カナタくんのことは、吹っ切れたんだね」
　莉果は、あたしの言って欲しくない言葉を避けてくれた。
「そう。吹っ切れた…」
　あたしは下を向いて、泣きそうなのを必死でこらえながら。
　これだけは伝わるといいなと思いながら。
「でも、ホントにあたし、莉果を応援しているから。
　嘘じゃないから。莉果には幸せになって欲しいから」
　ソータ先輩と莉果を、きっと笑って見守れるようになる…

　しばらく沈黙が続いた後、莉果がはあ、と大きく溜め息をついて。
「あのね。あたし…」
　それだけ言うと、また黙ってしまって。

　しばらく二人で黙々とみたらし団子なんか食べて。
　パフェがどんどん溶けてゆくのを、ぼんやり見ていて。
　どうして言葉にしてしまうと、何もかも、ホントらしさが消

えてっちゃうんだろう。
　応援するよ、とか。莉果には幸せになって欲しい、とか。
　ホントに思ったことなのに、口にすると芝居がかって感じられて。

「別にあの、ソータ先輩と…」
　莉果がぎこちなく、言葉を紡ぎ始めた。
「あまり、うまくいってるわけじゃ———」
　すごくツラそうに言って、語尾を濁す。

「あの、何でも最初からうまくいかないと思うし。
　お互い好きなら、乗り越えられると思うし」
「ほのか…」
「ソータ先輩が莉果のこと好きなのはわかるよ。
　いつも仲良さそうだったじゃん。２人が、同じ世界に住んでるっていうか…」
　本の国があるとしたら、莉果もソータ先輩もそこの住人で。
　あたしは不純な目的で図書館に出入りしていただけで…

「ほのか、多分ほのかが思うほどあたし———」
　莉果の言葉が泣きそうに響いた。

　また沈黙が降りてきて、あたしはお団子を食べる気にもなれず、ぼんやり見ていた。
　莉果は、モテモテのソータ先輩と付き合って、沢山噂されて、酷いことなんかも言われて…
　きっと心が疲れてるんだと思う。
　莉果は「ほのかが思うほど強くない」って言いたいのかも。

彼氏ができると幸せそうに見えるけど、実際は、色々と不安でいっぱいなのかも。
「ツライことあったら、聞くよ。愚痴とか…
　逆に沢山ノロケてくれてもいいし！」
「ほのか…」
「あたし、莉果の味方だから。信じて欲しいんだ」

　莉果の目が潤んだように見えた。
　あたしが恋を失うのは当然だと思ってる。
　でも、そのせいで友情まで失うのは嫌だ。

「もしできたら、また一緒にお弁当を食べたり、遊んだり、話したりしたい…」
　あたしはドキドキしながらそっと莉果を見た。
　交際申し込みみたいでちょっと滑稽だけど、真剣なんだ。

「文化祭が、終わったら———」
　莉果が焦点の合わない目で、ぽつりと言った。
「きっと時間ができるから。
　その時までにあたし、きっと何とかするから」

　何とかする、という言葉の意味がなんだかよくわからなくて。
　でも聞き返すこともできないまま。

　そっとあたしは頷いた。

最終章　青い時間

心の中　額縁に収まる　青い時間

みんながいて　空が透き通って
大好きだった　ぜんぶ　キミも風も光も

過ぎてゆくことを　一秒ごと　惜しんで
只中(ただなか)にいられないまま

笑いながら　涙ぐみながら
瞬間の永遠のなかで

言葉にしたらきっと消えてしまうから

恋のまま　キスした

壁の隙間は、心の隙間。
　文化祭直前になり、学校中が殺伐としてきた。
　無意味に階段を３段抜かしで駆け下りる人が続出で、危ないったらない。

　ママもこの高校の卒業生だけど、ママの時代はクラブ活動が必修だったらしい。
　最近は必修ではないので、あたしを含め帰宅部組もいる。
　でもその代わり、委員会や生徒会に属していたり、何らかの活動をしている人が大半。

　文化祭はクラス単位で出し物をするけど、クラブや生徒会・委員会を優先していいことになっている。
（何故か生徒会や委員会でも展示を行うんだよね）
　どこにも属していない人は、クラスの出し物の仕事を沢山引き受ける羽目になる。
　結局、誰もが何かしなきゃいけなくて、皆バタバタしてる。
　複数に属している人も多く、てんやわんや。

　出し物や展示は平凡なものだ。お化け屋敷に喫茶店、劇、謎の研究発表。
　うちのクラスは、結局、喫茶店になりそう。でもあたしは図書委員の展示物作りに追われていた。
「やっぱね、壁に隙間があると、つまらないでしょ。
全面埋めないと」
　田町先輩が指先でメガネをくいっと上げた。
「いや、図書室って無駄に広いですし。ここ埋めるの大変…」
　あたしはすっかり引きながら弱々しく反論した。

「壁の隙間は心の隙間よ。空間に無駄というものはないの」
　もっともらしいことを…　ってゆーか、なんか言ってることに意味がないじゃん!!
「だからほら、模造紙。ちゃんとマス目のあるのにしたからね。
　なんて親切なんでしょうあたし。マス目入りは高いのに、可愛い後輩のために、生徒会に掛け合って予算を通して…」
　ロールになっている模造紙をドサッと渡される。
　重さにびっくりして転びそうになった。
「あの、先輩も手伝ってくれますよね？」
「いいえ、残念だけど私はテニ部の喫茶店があるから。
　ありがとう。あなたの肩に全てはかかっているわ。アデュー」
（※アデュー＝フランス語のadieu.長い別れを告げる挨拶(あいさつ)）

　田町先輩は芝居がかったウインクを決め、ひらひらと行ってしまった。
　アデューって…　そんな、あんまりだ！
　図書委員って普段から重視してない人が多いから、やる気アリ系の子に重心かかりすぎなのに!!
　周囲を見回すと…　あたしともう２人くらいしかいないじゃん!!（その２人も、決して委員に熱心というほどではなく）

　ということで、泣きそうになりながら図書室にこもり、必死で模造紙を埋める毎日。
　田町先輩が全校生徒に配ってくれていた図書室アンケートや、図書室の週間貸し出し数推移の集計をして。
　我が校の生徒の読書傾向や図書室ユーザー傾向を探ってゆく。
　グラフは学校の印刷室でPCから打ち出して印刷してもらえたけど、他は模造紙に全部手書きだ。

手分けしようにも、他の子は「クラブが」「クラス劇が」とか言いながら、途中でいなくなってしまう。
　委員って———中途半端な立場だよね。
　クラスやクラブの結束には、とても勝てないよ。
　気付くと全体の半分以上、あたしが模造紙を埋めていた。

　もうすぐ、文化祭。
"文化祭が、終わったら———"
"きっと時間ができるから。
　その時までにあたし、きっと何とかするから"

　言葉の意味がよくわからないまま、しばらく莉果と話せていない。
　莉果は昼休みも放課後も生徒会室。あたしは図書室。
　ソータ先輩とも高遠くんとも全く顔を合わせる機会がない。
　高遠くんは３組のお化け屋敷を仕切っているらしい。
　みんな忙しすぎてテンパッていて、恋の噂もあまり聞こえてこなくなった。

　うちの高校はオープン過ぎる構造で、早朝も出入り自由だ。
（校門に門扉はなく、校舎の出入り口も必ずどこか開いている）
　終いにはどうにも間に合わなくなって、あたしは朝一番のバスに乗って学校へ行き、早朝に作業をした。

「か、完成……した、かも」
　文化祭当日の朝、もうお客さんが校舎に入って来始めた頃にやっと、最後の模造紙を壁に貼ることができた。
　壁一面、ほとんどあたしの字で埋まってる。最後の方は皆が

いなくなってしまって、ひとりでの孤独な作業だった。
　脚立に乗って最後の紙を貼っていると、涙が滲んできた。
　嬉しい。
　なんか「やり遂げた！」感がある。

　あたしはぐったり椅子に座って、パラパラ来るお客の相手などをしていた。
　一応「栞１枚30円」で売ったりもしている。頑張って切り紙で作ったんだ。
（これは他の委員の子も手分けして手伝ってくれた）
　売上は、外国の貧しい地域の子の学校建設費の一部として寄付することになっている。
「すっご〜〜〜‼」
　昼近くに、初音ちゃんとお友達数人が見に来てくれた。
　図書室なんて外れの方にあるし、誰も来てくれないかと思ったので嬉しいよ。

「レベル高いじゃん！
　本についてのアンケート結果って、けっこう読むと面白いね」
「う、気い遣ってくれてありがとう…」
　けっこう原稿にまとめるの苦労したんだ。
　３分の１くらいは田町先輩がやってくれたんだけど、あとは丸投げされちゃったから。
「気い遣ってるわけじゃないって！」
　初音ちゃんが展示の本を手に取った。
「うちの高校でこの１年に読まれた本ベスト10なんだ！
　すごい興味深いかも。へえ、図書室にラノベも入ってるんだね。今度借りに来よう」

頑張って原稿＆模造紙を書いた甲斐があったよ。

「ここ、ほら体育館のイベントへ行く道の途中にあるから、時間帯によって、寄る人けっこういると思うよ」
「そうかな……」
「うちのクラスの喫茶店にも来てよね！　一応ベーグル作ったんだよベーグル‼」
「すごい。ベーグルって作れるんだ…」
　あたしが図書室にこもりきりの間に、クラスでも頑張ってたんだな…
「オーブンで焼く前に茹でるの‼　おいしいよ。
　クッキーだパウンドケーキだと言ってる他の喫茶店に差を付けて今、爆走中だよ。
　みんな飢えてるからさー、うちのクラスの50円ベーグルがバカ売れ！　喫茶店ランキングトップ取れるかも‼」

　一応、部門別にランキングを付けるらしい。
（アンケートを集計するんだ）
「自分の所属する団体に入れてはいけない」という決まりがあり、割とシビアな結果が出るそうだ。

「明日、キャンプファイヤーの時一緒にいようね。
　今まで隠してたカポーも、明日だけは堂々とくっついてるんだって‼　ほのか、相手いないんでしょ？　仲間だ！」
　高遠くんがあたしにフラレたと周囲に言ってくれたみたいで、最近すっかり噂も消えてしまった。
　莉果が生徒会に恋に忙しすぎて、あたしがひとりぼっちと思われているみたいで、初音ちゃんが最近、親切だ。

正直、テンションの高さについていけない時も多いけどね。
「じゃ、明日また!!」
　初音ちゃんがVサインを作って行ってしまった。

　気が付くと図書委員になってて、仕事押し付けられて。
　ツライなーって思っていたけど。
　ずっとひとりぼっちの作業だったけど…
（クラスの喫茶店はみんなでワイワイしてて、羨ましかった！）。
　それでも、やり遂げるとすごく充実感あるなあ。
　文化祭ってなんかスゴイ。

　午後は他の図書委員の子が替わってくれて、合間を見てあたしも他の展示を見に行った。
　生徒会室は見物人でいっぱいで、「全校生徒アンケート結果」の展示がある。これは生徒会が毎年行っている伝統らしい。
　莉果の文字が模造紙に書かれているのを見て、なんだか楽しくなった。
　莉果と全然会えなかったし、一緒に仕事もできなかったけど、あたしたち同じ時期に、似たことをしていたのかも。

　それにしても、莉果はどこにいるんだろう。
　ソータ先輩といるのかな。

　ズキッ……と胸が痛む。
"嘘だ"
　抱き締められた時の感覚が蘇ってきて、あたしはぎゅっと目をつぶった。
　一生懸命、気持ちを箱に押しこんだら、なんとか詰め込んで、

押さえこむことができるかな。
　莉果と、何もなかったみたいに笑い合いたい。

　文化祭の１日目が終了した。
　その日あたしは家に帰ると、疲れ切っている自分に気付いた。
　朝晩文化祭の準備ばかりしていて、根を詰め過ぎたみたい。
　なんとか間に合って、ホントよかった。

　その夜は、ベッドに入る瞬間に目が回るのがわかった。
「ばたんきゅーって、こういうのか…」
　思わず独り言を呟く。

　そしてぐっすりと、まさに泥のように眠ってしまった。

主役が無理なら、監督。

　次の日は文化祭2日目(ひど)。
　目覚めると頭痛が酷くて、身体も重くて立ち上がるのがきつくて。必死で起き上がって熱を測ると38.5℃あった。
　田町先輩に連絡すると、「昨日まで、すごく沢山(たくさん)仕事してくれたから、当番とか考えなくていいからね」「ゆっくり休んでね」と言ってもらえた。

　初音ちゃんにメッセージを送ると、「え〜〜!!　残念だね!!」というメッセージが即返されてきた。
　同情して泣いてくれるスタンプまで、続けざまに3つ来た。

　文化祭2日目って、キャンプファイヤーだもんね。
　文化祭のキャンプファイヤーの時に、それまで噂(うわさ)だけだった「誰と誰が付き合ってるか」が、ハッキリするわけで。
　きっと、莉果とソータ先輩も、公認になるんだろうな。
"文化祭が、終わったら———"
"その時までにあたし、きっと何とかするから"

　きっとあの言葉は、「文化祭で公認カップルになる」って意味だと思う。
　ソータ先輩と、何か約束があるのかもしれない。
　莉果は今、学校中の嫉妬(しっと)を浴びてツライのかも。
　ちゃんと学校内で、皆に恋人同士として認めてもらうまでは、不安でたまらないのはわかる気がする。

　だから…
　あたしはキャンプファイヤーなんて参加しない方がいい。

幸せな２人から、できるだけ遠くにいよう。

　ママにも同情されて、いつになくおかゆなんか作ってもらって、あたしは寝込んでいた。
　文化祭準備で追われている間は、いろんなこと忘れてたけど。
　そういえばあたしは、２ついっぺんに失恋したんだ。

　小学生の頃からずっと抱えてきた想いと。
　高校生になって初めて出会った想いと———

　ウダウダとベッドで寝返りを打ってると、チャイムが鳴った。
　もう夕方。日も翳ってきているのに。誰だろ。
　ママは…　具合の悪い娘を放置して、さっき出掛けてしまったし。宅配便が来たのかな？
　無視しちゃえ、と布団をかぶっていると、ぴんぽんぴんぽんぴんぽん！…と鳴り続けている。

　涙目になりながら、玄関に行く。
　覗き窓を覗くと、……莉果だ。
「え？　なんで？」
　ドアを開けると、莉果が真剣な眼差しで。
「行くよ！　準備して！」
「えええぇ？　あたし一応、具合よくないんだけど」
「元気そうじゃん。大丈夫だよ」
　クールに言い放たれる。
「まあ……確かに熱はだいぶ下がったけど」
　さっき測ったら、37.5℃くらいに下がってはいたけど。
「あの、莉果。なんでわざわざ…」

学校から我が家は、バスも含めて30分はかかるのに。
「説明めんどくさい！　早く着替えて！　5分で準備、ほら！」

　莉果の勢いに流されて、慌てて着替えて髪を撫でつけて家を出る。
「あの、どうして……？」
　莉果は無言でどんどん先を歩いてゆく。

　出会った時から、キラキラしている子だったけど。
　生徒会役員になってからの莉果は、ますます強いオーラを放っているように見える。
　自信を持って、力強く歩いてるっていうのかな。
　誰に何を言われようとも、シッカリ自分を持っているんだ。

　莉果は時間を確認しておいたらしい。バス停に着くと数分でバスが来た。
「あの、莉果」
　バスに乗り込む瞬間、クラリと眩暈がした。
　やはりまだ少し、熱があるかもしれない。喉の痛みも咳もないし、多分疲れちゃっただけだとは思うけど。
　バスは空いていた。お年寄り数名が前の方で座っているだけ。
　莉果がどんどん奥に向かい、並んで一番後ろの席につく。
　しばらくどちらも何も言わないまま、ぼんやり座っていて。

「あたし———」
　ふと、莉果が真っ直ぐ前方を見ながら言う。
「悪役になるの、真っ平」

「……どういうこと?」
 悪役って何だろう。なんか全然、話が見えない。
 莉果は黙ってしまった。のんびりバスは進んでゆく。
 もう初夏だなあ、と思う。日が落ちてきているので、窓から斜めに光が入り込んでくる。
 窓辺にいる莉果の髪がキラキラ光って、なんだかとても、キレイで…
「———フラレちゃったの」
「え?」

「ソータ先輩に、振られた」

 莉果があたしの方を見て、にこっと口元だけで笑った。
「え? あの……付き合ってた、けど別れようって言われたってこと?」
 あんなに気が合ってそうに見えたのに、こんなに早く別れてしまうものなの?
 あたしはショックを受けて、ボー然としてしまった。

「ううん、付き合ってなかったんだよ。あたしが一方的に片思いして、告ったら振られただけ」
「……」
「今日、キャンプファイヤーを前に、ちゃんと言おうと思って。
 好きです付き合ってくださいって告白して。
 正式にフラレました!」
 莉果が両手を前方に伸ばして組んだ。
 どこかスッキリしたような顔だ。

"みんな噂してるけど、莉果ってソータ先輩と…"
"つ……付き合ってるの？"
　───こくりと頷いた莉果を思い出す。

「つまり、ごめん。
　前にあたしがソータ先輩と付き合ってるって言ったの、嘘」

　あたしは驚き過ぎて、呆然としてしまって。
「そ、……そう、なんだ」
　それだけ言うのが精一杯だった。

　車窓の風景が流れてゆく。
　高校生活って、ドキドキも切なさも悲しみもいっしょくたに詰め合わされてて、ごちゃごちゃで。
　何が本当なのか、見えなくなる───

「ソータ先輩、自分がカナタくんだって言ってた……？」
　莉果がそっと首を傾げて、言う。
「……言って、た。最近になって聞いた」
　あたしが答えると、莉果は淋しそうに微笑んだ。

「あたし、生徒会に入って、知っちゃったんだ。ソータ先輩はカナタくんで、そしてずっと、ほのかを見てたってこと」
　ソータ先輩があたしを、見ていた？
「ほのかもソータ先輩のこと好きだって、わかってた。
　なのに嘘ついて、邪魔した。自分が嫌になる……」
　莉果はあたしの気持ちに気付いてたんだ。
「あたし、ほのかに嫉妬してた」

「……」
　莉果があたしに嫉妬するなんて、想像もつかない。
　嫉妬する理由がないように思える。
「莉果は悪くないよ」
　あたしが思わず言うと、莉果があたしを見て苦笑した。

「ねえ、怒ってよ。怒ってくれないと、あたし自分を許せない」
「だって、莉果に怒ることないでしょ？
　莉果が嘘をついてたことはわかったけど、そんなの関係なく、あたしもソータ先輩に失恋するだけだし」
　ダブルで失恋するだけだ。ソータ先輩と、カナタくんに。

「……何、言ってるんだか」
　莉果が呆れたように言って、横を向いた。
「あたしだったら怒るよ。
　怒りなよ。あたし、酷いことしたんだから」

「……怒りようがないよ」
　莉果にはわかんないだろうな、とあたしは思った。
　キレイで、溌剌としていて、シッカリ自分を持ってる莉果なら———自信を持てるのかもしれない。
　あたしには何もないもの。

「ソータ先輩が莉果を振っちゃうなら、ますますあたしには届かない遠い人だよ」
　しみじみと頷く。
　莉果がフラレたなら、あたしなんてますます無理。
　完全に遠くなってしまった感じ。

「ソータ先輩、そんなに望みが高いと、この学校に付き合える女の子がいないんじゃないの?」
　あたしが真剣に言うと、莉果が目を丸くした。
「どうして?」
「だって莉果よりいい子、いるわけないじゃん。
　振るなんて、ソータ先輩って頭悪いんじゃないかと思う」

　莉果があたしを見て、ぷっと笑った。
「ほのかって、意外に頑固だよね」
「えっ……そうかな」
「頑固なくらい、自信ないんだ」
「…」
　自信がないのは確かだけど。
　頑固というよりは、身の程を知ってるだけじゃないかと。
「好かれると、全速力で逃亡するんだ。厄介だよね」
「ちょっと意味わかんないんだけど…」

　バスが「高校前」の停留所に着いた。
　降りてみると、陽がすっかり落ちて夕暮れになっている。
　バス停から校門まではちょっと距離がある。莉果を追って足早に歩く。
　校門を入ると、遠く歓声が聞こえる。
　もう文化祭の一般入場時間は終わってしまって、キャンプファイヤーが始まっているんだ。

「多分、あたしが何をしてもしなくても、結果は同じだと思う。
　ただ、あたしにだってプライドがあるから。
　……悪役になるのは、真っ平」

莉果がもう一度そう言って、振り向いた。

「ラブストーリーの主役が無理なら、監督になるわ」

　莉果はにっこりと明るく、笑って。
　あたしの手をがしっと掴んだ。
「あの、莉果、ちょっと…」
　莉果が走り出したので、引きずられるようにあたしも走る。

　ちょっとまだ熱っぽくて、ぼーっとする。
　校舎にも、ほんのりと文化祭の余熱が残ってる感じ。

　校舎脇を抜けて、中央のグラウンドに出る。
　そこには、全校生徒の大半が集まっていて―――

「そう考えてもらっていいよ」
　噂には聞いていたけど、校庭は凄いことになっている。
　中央で、文化祭で使った道具類を燃やしていて。
　奥の方にステージができていて、生徒会書記のミノル先輩がマイクを持っているのが見えた。

「連れて来ました〜‼」
　人波をかき分けながら、莉果が叫んだその時。
　校庭内のざわめきが急に大きくなった。
　え？　え？　ええ？
　校庭を埋め尽くす全校生徒が、一斉に興奮状態となり、叫んでいる人がたくさん。なんで？

『成瀬さん、ありがとうございました。
　廣田ほのかさんですよね。ステージの上に、さあどうぞ！』
　マイク越しに言われると、なんか怖い。
　今すごい目立っちゃってない??　なんでステージ??

　校庭に簡易で作られたステージにおずおずと上がると、ソータ先輩が端に立っていてドキ——ッ！とした。
　無表情で、何を考えてるのかわからない。
　うちの高校は、生徒会が文化祭実行委員も兼ねていると聞いてはいたけど…

『さて、生徒会長から一言どうぞ！』
　ミノル先輩がマイクを渡すと、ソータ先輩が不愛想に受け取った。

『学則32条に基づき、生徒会長権限により———
　廣田ほのかさんを、本日付けで生徒会副会長に推薦します』

　その言葉を合図に、爆発的な歓声が沸き上がった。
　ええええぇ??　生徒会副会長??
　ナニソレ。聞いてない。全く聞いてない!!

　莉果がどこから持ってきたのか、別の小さなマイクを握って、語り始める。
『生徒会長は、自由に役員を推薦できる権限をお持ちですが。
　実際にはその権限を行使する人は少ないと聞いてます。
　それも、女子を推薦されるとなると、全校生徒の憶測を呼ぶこと必至と思われますが』
　心臓がバクバクしてくる。何？　何が起こってるの？
『そうだろうね』
　ソータ先輩がこともなげに言う。

『憶測を呼んでもいいということですか？』
『どうでも』
　キャ———ッという声が響き渡った。
　悲鳴と、嬌声が混じっているような複雑な歓声だ。

『つまり、廣田ほのかさんは、生徒会長の交際相手と考えてよろしいんですね？』
　莉果が畳みかける。
　何でこんな話になってるんだろう。嘘っぽい。なんだかもう、現実とは思えない。

『そう考えてもらっていいよ』
　ギャ――――――ッ!!!という大音響が沸き上がった。
　うちの高校の、学年9クラス3学年、ざっと1200人を超える人たちが、(女子中心に) 各々叫び声を発している。
　阿鼻叫喚とはこのことだ。

「うそっ!　あたし知らない!!」
　思わずあたしは叫んでしまった。
　なんで、あたしが知らないうちに付き合ってるわけ?
　あ、これ夢か。
　(ベタだけどきっと夢オチだ。目覚めると入学式の朝とか)
　思わず右手で左手の甲をつねると、痛くない(気がする)。
　やっぱ夢だ!!

『あの、ほのかさんが"あたし知らない"とか仰ってますけど。
もしかして、正式な告白はまだなんですか!?
　それは驚きです!』
　莉果がソータ先輩ではなく、全校生徒に向けて大袈裟な身振り手振りで語り掛ける。
　すごい。生まれながらの舞台女優ってゆーか。
　もうあたし、逃げ出したい!!(きっと夢だけど)

『この際、告白していただきましょう!!
　生徒会長から、廣田ほのかさんに、今、全校生徒の前で!!』

　莉果が最大音量のマイクで言い放ち。
　マイクを持ってない右手を、大きくソータ先輩へ向けた。
　しん、……と全校生徒が静まり返る。

『……ったく』
　ソータ先輩が、舌打ちした。
　あたしは心臓がバクバクしすぎて、マイクのキーンと響く音も混じって、何がなんだかわかんなくなって。
　目が回ってぐるぐるになってフラフラしてきて…

　ふと気付くと、また身体が引っ張られているのがわかった。
　腕を掴まれてる。ソータ先輩が走り出したんだ。
　あたしも引きずられるように、全身の力を振り絞って走る。

『逃げました‼　生徒会長が廣田ほのかさんを連れて逃亡しました‼』

　莉果の声が大音量で響いている。
　全校生徒の阿鼻叫喚も轟き渡っている。きっと明日には、近所から苦情の電話が教員室に押し寄せるに違いない。

　ステージは校舎を背にしていたので、ステージの後ろに回り込むと、すぐ本校舎だ。
　ソータ先輩は無言で走り続けて、通用口から校舎に入ってしまった。
　一応あたしの速度に合わせてくれているのか、時々振り返りながら、校舎内でも走り続けた。
　あたしは完全に限界。立ち止まったら絶対倒れる。
　階段のところまで来ると、手を離してくれた。それでも立ち止まらずに、ソータ先輩はどんどん階段を上ってゆく。
「ちょ、ちょっとあたし、無理……てゆーか」

苦しくて苦しくて胸を押さえる。
　夢の割に苦しすぎるよ。まさか夢ではないの？
「おんぶされたい？」
　からかうように聞かれてカーッとなる。
「それともお姫様抱っこ？」
「結構です!!」
　限界メーターが振り切れているのを感じつつ、あたしは手すりに掴まりながら階段を上った。

　どこへ行くんだろう。ひたすら背中を追っていると、涙が滲(にじ)んでくる。
　ワケがわかんない。あたし今、何をしてるの？
　そっか。あたし熱を出して文化祭2日目は寝込んでいて…
　やっぱりこれは夢———

　階段を上り詰めてすぐのところに、生徒会室がある。
　ソータ先輩はここを目指してきたようだ。
「入れ」
　ソータ先輩が扉を開けて中を示した。入ると、扉をバタンと閉じられる。ガチャリと鍵までかけた音がした。

「あの、……ここ」
「わかんねぇの？　生徒会室」
　それは一応わかるけど。なんで生徒会室に。
　あたしがぼーっとしていると…
「こっち来て」
　部屋の奥、壁際にソータ先輩が座った。
「ほら、隣。壁に寄り掛かる」

あたしがためらいながら、ちょっと離れた隣に体育座りすると、ソータ先輩が詰めてきた。
「あ、……あの」
　無言のまま、隣で胡坐をかいている。
「さっきの、……あれは、どういう……」

「どういうって」
「あたし、生徒会に入るんですか？」
「ああ。副会長がちょうどいないから」
「あたし図書委員———」
「図書委員長の田町にはさっき話つけといた。使えるコが他にいないのに〜‼って嫌がってたけど」
「は、……はぁ」

　やっと、少しずつ事態が呑み込めてきて…
"廣田ほのかさんは、生徒会長の交際相手と考えてよろしいんですね？"
"そう考えてもらっていいよ"

　生徒会副会長？　交際相手？　付き合ってる？
　何もかもが現実とは思えなくて、夢をみてるようだ。

　あたしはごくりと息を呑んだ。
「あの……ソータ先輩って、あたしのこと……」
　まさか、あたしのこと好きなの？
　心臓がバクバクして唇が震えてくる。

「……」

ソータ先輩があたしを見た。いつものクールな無表情だ。
　おまえのことなんか、好きな訳ないだろ、という顔に見えて、あたしは少なからず傷ついた。
　涙目になっていると、ソータ先輩が不機嫌そうに横を向いた。

「おまえ、山登りのことが好きだって、嘘だっただろ」
「それはあの、嘘ついたつもりじゃなくて」
　ソータ先輩と莉果が付き合っていると思ってたから。邪魔しちゃいけないと思って…
「半信半疑で見てたけど。
　付き合ってる様子もないし、毎日１人で来て１人で帰ってさ。
　好きでもなんでもないじゃん」
　いつ見てたんだろう。てゆーか、好きでもなんでもないって、見るだけでわかるの？
　そんなにあたし、わかりやすい??

「そんなことはどうでもいいけど」
　ソータ先輩の手が、あたしの肩に回った。
　強く抱き寄せられて、思わず身を固くする。
「あの、ソータ先輩」
　顔が近付いて来る。かなり怖い。
「あ、あたしのこと……」
「…」
「あたしあの、ソータ先輩に何も…」
　必死で押し返す手が大きな手で掴まれる。もう片方の手が、ソータ先輩の背中で泳ぐ。

　———唇が重ねられた。

何も、言ってもらえてない。
 あたしのこと、どう思ってるのかわかんない。

 すき。
 振り回されて夢中にさせられて。
 あたしばかりが好きで———怖い。

　唇が離れると腕を強く引かれて、あたしはすっぽりソータ先輩の腕の中に入ってしまった。
　強く抱き締められる。ドキドキして息が苦しい。
　ソータ先輩の溜め息が聞こえた。
　そっと両肩を持って、身体を離される。
　あたしの目を覗(のぞ)き込むように顔を近づけてくる。
「言って欲しい？」

　この人はあたしの気持ちなんてとっくに知っていて。
　あたしの気持ちを失う不安なんて、欠片(かけら)もないみたいだ。
　目の奥に怯(おび)えが棲んでいない———

　その強さにたまらなく惹(ひ)かれる。
　輝きに目を奪われる。心を鷲(わし)づかみにされる。

「好きだよ」

　その一言が、どれだけあたしを喜(す)ばせるか知ってる。
　そのまま、また唇が重ねられた。

溶けてしまいそうに甘くて、身体の芯が熱く熱く痺れて…

　唇が離れると同時に、涙が溢れてきた。
　ボロボロ、ボロボロ涙がこぼれて落ちる。
「泣くなよ」
　涙を指で拭ってくれた。
　あたしはその手をそっと持って、頬に押し当てた。

　遠く、時折わっと沸き上がる歓声が聞こえる。
　たぶん、後夜祭の告白タイムが続いているんだ。
　恋が叶う、文化祭の夜だ。
　すれ違いや誤解を乗り越えて———この夜に恋が叶った人も沢山いるんだろうな。

「怖い」
　あたしはぽつりと呟いた。
「何が？」
「明日、目が覚めて夢だったら怖い」

　ソータ先輩が少し笑って。
　それから一瞬切ない顔をして、もう一度抱き締めてくれた。

「夢じゃないよ」

叶うのは、たった1度。

　激動の後夜祭が終わって。
　莉果とソータ先輩の噂が、あたしとソータ先輩の噂に置き換わった。
　案外あっけなく、変わってしまうものなんだ。
　まるで一夜にして、ペンキ塗り替えちゃったみたい。

　莉果は文化祭以降、なんだかスッキリした顔をしてる。
"悪役になるのは、真っ平"
　後夜祭で莉果が大活躍したせいか…
　莉果とソータ先輩の噂は誤解だったんだねと、皆すっかり納得している様子だ。
　文化祭が終わったことで生徒会の仕事も一段落したので、莉果と一緒にお弁当を食べる習慣も復活した。

　毎日、帰りにソータ先輩が迎えに来てくれるようになった。
　クラスの女子にからかわれつつ教室を出て、生徒会室へ行って役員の仕事をしたり。
　ソータ先輩とちょっと寄り道して帰ったり…

　その日の放課後は、先に生徒会室に行っていると言われて、後から向かった。
　中に入ると、ソータ先輩が机に突っ伏して寝ていて。
　手元に、本が置いてあった。以前「触るな！」って言われちゃった本と同じ書店カバー。大きさも厚さもそっくり。
　ちょっと緊張しながら、じーっと本を見つめる。
「……あ？」

ソータ先輩が顔を上げた。あたしは思わずびくっとする。

「触ってないです。この本、何かなーって…」
　ソータ先輩が本に気付き、不機嫌そうに取り上げたのを見て、あたしは涙目になった。
　やっぱりこの本は、何か特別なんだろうか。

「……これ、落としそうだからさ、栞かなんかにしておいてくれない？」
　ソータ先輩がそっと本の中央くらいのページを開いた。
　覗き込むと―――
「花びら……」
　桜の花びらが１枚、押し花のように平らになっている。
　ほんのりピンクがかった小さな花びら。

「この花びら、あの時の？」

　入学してすぐ、あたしが花びらを掴もうと必死に格闘して。
　ソータ先輩が「こうだろ」ってすぐ掴んでくれて。
　でも、必死に頼んだのにくれなかった、あの花びら。

　すっかり忘れてたけど、そう言えばあたしは、ソータ先輩をしばらく恨んでいたんだ。
　なんで花びら、くれなかったんだろうって。
　ちゃんとこんな風に押し花にしていたなんて。
　"触るな！"っていうのは、本を開くと花びらが落ちてしまうからだったんだ。

「地面につかないうちに、左手で花びら掴めれば恋が叶うって、おまえに教えたの俺だよ」
「ええええぇ!?　いつ??」
「小学生の時。図書館の司書の人が教えてくれたから、そのままおまえに教えたんだよ。憶えてねーの?」

　ボー然としながら、必死で考える。
　花びらの言い伝えを教えてくれたのは、カナタくんなの?
　全然記憶にない。
　…あと、今、少し気になることを言ったような。
「あの、左手?　左手で掴むのが決まりなの?」
　そんなこと知らなかった。
「左手だって教えたよ。おまえ、桜の中で右手ぶんぶん振り回してたから、忘れてたみたいだけど」
「だからあの時、左手で花びら掴んだんだ…」

　ソータ先輩が見事に花びらを掴んだ、あの時。
　左手だったから、てっきりソータ先輩は左利きなんだと思いこんでしまった。
　カナタくんは右利きだったから、ソータ先輩がカナタくんなんて思いもしなかったんだ。
　人生は、小さな誤解の積み重ねだ。
　あたしなんかアホなので、いくつか積み重なると、完全に真実を見誤ってしまう。

　壊れそうにデリケートな薄い花びらを、そっと本に挟み直して、あたしは溜め息をついた。

「あたし、花びら掴めたことが一回もないんだ。
　恋を叶える力がないのかなあ…」

　淋(さび)しく笑う。左手で掴まなきゃいけない条件まであるなら、あたし本当に一生、花びらは掴めそうにない。
　すっかりシュンとしていると。
「おまえが掴んでも俺が掴んでも、同じ恋が叶うだけだろ」
　あたしが顔を上げると、ソータ先輩があたしを見てる。

「叶うのは、たった１度でいいんだし」

　長い恋がいつか叶う日を夢見た。
　幼い記憶はいつも、現在(いま)と重なり胸を揺さぶる。

　いつも恋は遠くて、永遠に掴めない花びらのように遠くて。
　それでもたった１度、あたしの手の中に舞い降りる。

　ソータ先輩の手があたしの顎(あご)を持ち上げた。
　そして落ちてくる花びらのように———

　優しい、キスを。

エピローグ

恋は、奇跡。

そして愛は———自由。

春がうたう
木々が風にふるえる

花びらが降る

見上げれば　懐かしい夢　儚い希望　世界に散らばるキセキ

あたしは　奇跡に手を伸ばす
幼いあなたを心に浮かべて

眠るように目を閉じて　待ってる

春は　あなたにも降り注いでいますか
天から無数に舞い降るキスのように

fin

あとがき

　　　　　　抱きしめてくれる腕があれば
　　　　　　どんな私にもなれると思った
　　　　　　若さと呼ぼうよ　今この瞬間に
　　　　　　　　私達は大人になる

　はじめましての方も、お久しぶりの方も。
『桜恋』をお手に取ってくださって、本当にありがとうございます！

　桜が舞い散る中で立っていると、それだけで胸がぎゅっとなりませんか？　私も毎年、なんとか花びらを掴もうと必死で頑張るんですが、ほのかと同じく、全然掴めません…

　前作から少し時間が空いてしまい、心配してくださった方々から沢山お手紙やメッセージを頂きまして、嬉しかったです。
（昨年頂いたお手紙には全部お返事出しました。届いてるといいな。それ以降に頂いた分もいずれ必ずお返事します！）

　私は相変わらずのんびりペースではありますが、小説を書き続けております。
　前作『こいうた。』は第一部までしか書けてないのですが、とりあえず2巻を一区切りとして別の作品に取り掛かることになりました。続きを待っていてくださっている方には大変申し訳なく思っています。
　今のところ『こいうた。』の続きを書く予定は立っていないのですが、いつか書きたいです。

この作品『桜恋』は、以前書いた『さよならは時に雨と同じ』と世界が繋がっています。同じキャラも、少しですが登場しています。
　舞台は、創くんや音子が通っていた高校です。
『桜恋』を読めば、創くんたちがその後どうなったのか、さりげなくわかるようになっています。
『さよならは時に雨と同じ』は根強い人気のある作品で、私も大変思い入れがありまして……創くんや音子のその後を書けて、とても嬉しかったです。
　もちろん、この作品だけ読んでも全く問題ありません。

『桜恋』を書きながら、高校時代を思いだしていました。楽しいことも苦しいこともいっぱいで、とても濃密だった日々。

　私はいつも小説の中で、私自身が少女の頃にあった気持ちを、なるべく大切にそのまま書いてきましたので。
　ほのかや、私の作品の主人公たちを、「わたしとおんなじ」って思って頂ける時がもしありましたら———
　書き手としてこんなに嬉しいことはありません。

　小説を介して、いつでもあなたと繋がれる。

　遠い街からお手紙をいただくと、涙が出そうに嬉しくて。
　どこか遠くの知らない町の、知らない本屋さんの片隅で、私の本を手に取ってくれた女の子がいて…
　そして、言葉が届いているんだなって。

言葉はとても不思議で、びっくりするほど近く———わたしがあなたで、あなたがわたしなのかと錯覚するほど近く、あなたを感じることがあるんです。

　人生も、青春も、学校やお仕事も、何もかも大変でお忙しいことと思いますが、たまに思い出してくれて、またお会いできるといいな。そんな風に思ってます。
　いつだって私はここにいて、あなたに届くことを祈りながら書き続けますので。

　この作品を一区切りにして、次は、また違うタイプの小説を書こうと思っておりまして…　でもいつでも私の書く作品は同じ世界観の中にあります。
（雑誌コバルト2014年7月号に短編「消えた1か月」を載せて頂いたのですが、それも含めて）
　お手紙やメールなどを頂くたびに、私の小説の読者さんは、書き手の私などよりよっぽど聡明で優しい方ばかりだなあ！と、繰り返し感激してます。年齢も幅広いんです。
　だから作品の形が少し変わっても、「あ、いつものmiyuだ」と受け止めてもらえるんじゃないかな、と思ってます。
　また時間がかかってしまうかもしれませんが、いずれまた新しい物語をお届けできる日を、とても楽しみにしています。

　そして、この物語の書籍化にあたってお世話になった方々に、心より御礼申し上げます。集英社の宮崎さん、グラフトの赤池さん、エブリスタの川崎さん。
　Special thanks to Aya, Tomoe, T.Tanaka, M, N, Y, そしてこの本を手にしてくださっているあなた。

最後に、『こいうた。』で取材させていただいたお友達が2014年12月にご病気でお亡くなりになってしまったことを、ここに記させていただきたいと思います。本当に急なことで、まだ死んでしまうには若すぎる方で。
　大変ショックで、まだ心の整理がつきません。
　とても表現し切れない様々な思いでいっぱいですが、生きてて欲しかったなあって、ただひたすらに思います。

　長編第1作『虹のように消えてゆく』で主人公菜緒のママのセリフとして「菜緒、生き残りなさい」って書きましたが…
　私はいつも、読者さんの幸せを願ってます。ツライことがあっても、悲しい時があっても、生きていてね。あなたが生きているだけで、私は心から嬉しい。私だけでなく、喜んでくれる誰かがきっといるから。
　みんな、生きていて欲しい———

　そして、いつかまたお会いできると幸せです。

miyu

　　　　　　　　　　　　　　　夏へゆくよ
　　　　　　　　　　　　いつも夏へ　還(かえ)る

　　　　　　　　　　僕等はもう　永遠みたいなものです

★この作品はフィクションです。実在の人物・団体・事件などにはいっさい関係ありません。

ピンキー文庫公式サイト

pinkybunko.shueisha.co.jp

著者・miyuのページ
(**E★エブリスタ**)

★ ファンレターのあて先 ★

〒101-8050　東京都千代田区一ツ橋2-5-10
集英社　ピンキー文庫編集部 気付
miyu先生

ピンキー文庫

桜恋
~君のてのひらに永遠~

2015年5月27日　第1刷発行

著　者　miyu
発行者　鈴木晴彦
発行所　株式会社集英社
　　　　〒101-8050　東京都千代田区一ツ橋2-5-10
　　　　【編集部】03-3230-6255
　　　電話【読者係】03-3230-6080
　　　　【販売部】03-3230-6393(書店専用)
印刷所　凸版印刷株式会社

★定価はカバーに表示してあります

造本には十分注意しておりますが、乱丁・落丁(本のページ順序の間違いや抜け落ち)の場合はお取り替え致します。購入された書店名を明記して小社読者係宛にお送り下さい。送料は小社負担でお取り替え致します。但し、古書店で購入したものについてはお取り替え出来ません。なお、本書の一部あるいは全部を無断で複写複製することは、法律で認められた場合を除き、著作権の侵害となります。また、業者など、読者本人以外による本書のデジタル化は、いかなる場合でも一切認められませんのでご注意下さい。

©MIYU 2015　Printed in Japan
ISBN 978-4-08-660145-0 C0193

miyuの本

❦

どこまでも透明——。
切ないくらいピュアな恋物語。

俺様なシンと私、
16歳の夏──。
近くてとおい
幼なじみラブ

虹のように消えてゆく

miyu

シンと菜緒は、お隣の家に住む幼なじみ。2人は、ずーーっと一緒だった、16年分の「好き」は私の宝物。そんな16年目の夏、事件は起こって!? お金持ちで美少女、完璧な転校生の舞。「愛されてるのは、わたし」と、隣で彼女は微笑んでいる…。切なく息苦しい青春の記憶。

好評発売中 ピンキー文庫

あの夏から
2年——。
シンと菜緒
2人の物語、再び。

天使のように舞い降りる

miyu

シンと菜緒は、お隣の家に住む幼なじみ。あの夏から2年——。
大学生になった菜緒の前に恋人を喪った、担当教官が現れる。
「君には、才能があるよ」伸ばされた手。優しい目の奥に、闇。
切なく甘く、どこまでも透き通ってゆく恋物語。

好評発売中　ピンキー文庫

愛され、恋をし、複雑な想いが
甘く切なく交錯する。
"あたしを、見つけて——"
ふしぎな三角関係のはじまり。

さよならは時に雨と同じ

miyu

「おねえちゃん、だいすきよ」
誰からも愛された双子の妹、カナ。自分よりも大切な宝物。カナは王子様と出会い、ふたりは永遠の愛を誓ったはずなのに…。運命は恋人同士を分かつ。
「だから、俺が音子(ネネコ)を守るよ」——亡くなったカナの恋人だった創(ソウ)が言う。
カナを愛していたはずなのに…どうして?
どこまでも澄みわたる、甘く切ないラブストーリー。

好評発売中　♥ピンキー文庫

あたしは、花音(かのん)。両親を亡くして、ひとりぼっちで旅に出た。
目指すは、オーロラ——
切なくて甘くて可愛い、恋愛物語。

Melodious Girl
—メロディアス・ガール— Vol. 1

miyu

あいついで両親をなくしてしまった17歳の少女、花音。大学教授の叔父と暮らしていたが、その叔父もアメリカに赴任することになって…。傷ついた心を癒すため、花音は初の海外旅行で、カナダにオーロラを見に行くことに決めた。
ツアーの添乗員は、山田太郎と名乗る25歳のイケメン。彼の俺様ぶりに、花音は戸惑うが…。

好評発売中　ピンキー文庫

恋が天使のように舞い降りるなら、
あたしは地上で両手を広げて
受けとめたい。
永遠は天を巡りあたしたちに追いつく——

Melodious Girl
—メロディアス・ガール— Vol. 2

miyu

両親を亡くし、心に傷を負った花音は、オーロラを見にカナダへ向かう。俺様ツアー添乗員の樹と触れ合ううちに、少しずつ心惹かれていく花音。困難の末に待望のオーロラを見ることができたけど、花音は樹と別れるのがつらくて…。
せつなすぎるピュアラブ、クライマックスへ！

好評発売中　ピンキー文庫

祐と夕雨。幼なじみの2人のユウ。
すきすぎて、からまって
切なく不器用な恋の無限ループ
泣けるほど青春!!

こいうた。
～俺様天使とあたしの青春glee!～

miyu

「いつか迎えに来るよ」そう言って引っ越していった天使のような幼なじみの祐くん。でも、高校で再会した彼は…
変わってしまった——俺様に! 謎の美少女・響子のある計画に巻き込まれた夕雨は、図らずも俺様幼なじみとともに創設したての合唱部に入り、日本一を目指すことになって!?

好評発売中　ピンキー文庫

恋と、部活と、友情と……。
歌って…、恋して…、
泣けるほど、青春!
やっぱりあなたのぜんぶが好き——。

こいうた。
~俺様天使とあたしの文化祭glee!~

miyu

物語は終わらない。今は俺様だけど、元は天使みたいだった祐くんと夕雨の恋の行方、そして響子の謎……。創設したてのコーラス部が全国を目指す! そのために、文化祭のミニコンサートを絶対成功させる!! miyuが贈る、ときめきの幼なじみラブ第2弾!!

好評発売中　ピンキー文庫

E★エブリスタ estar.jp

「E★エブリスタ」(呼称:エブリスタ)は、
日本最大級の
小説・コミック投稿コミュニティです。

E★エブリスタ3つのポイント

1. 小説・コミックなど200万以上の投稿作品が読める!
2. 書籍化作品も続々登場中!話題の作品をどこよりも早く読める!
3. あなたも気軽に投稿できる!

E★エブリスタは携帯電話・スマートフォン・PCからご利用頂けます。

『桜恋〜君のてのひらに永遠〜』
試し読みもE★エブリスタで読めます!

◆小説・コミック投稿コミュニティ「E★エブリスタ」
(携帯電話・スマートフォン・PCから)

http://estar.jp

携帯・スマートフォンから簡単アクセス!

スマートフォン向け「E★エブリスタ」アプリ

ドコモ dメニュー⇒サービス一覧⇒楽しむ⇒E★エブリスタ
Google Play⇒検索「エブリスタ」⇒小説・コミックE★エブリスタ
iPhone App Store⇒検索「エブリスタ」⇒書籍・コミックE★エブリスタ

※E★エブリスタは株式会社エブリスタが運営する小説・コミック投稿コミュニティです。